우리가 서로에게
미래가 될 테니까

내리막에 익숙한 밀레니얼을 위한
용기 고취 에세이

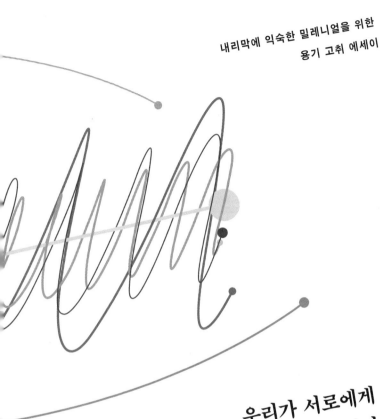

우리가 서로에게
미래가 될 테니까

나의 용기가 너의 태도가 되고,   윤이나
너의 목소리가 나를 움직이게 할 때,   지음
우리는 직접 미래가 된다

코난북스

차례

밀레니얼은 몰라도 굳이
노마드가 되려던 것은 아니었습니다만

이 책을 처음 기획하고 쓸 이야기를 다듬을 때 '83년생 윤이나' 같은 제목이 붙을 만한 글은 쓰지 않아야겠다고 생각했다. 하지만 나는 1983년에 벚꽃이 필 때쯤 태어나는 바람에 세기말과 한국의 IMF 시기를 거치며 무럭무럭 성장해 새로운 천년을 맞이한 뒤 성인이 된 사람이다. 이 사실은 바뀌지 않는다. 나의 의지와는 상관없는 일이었지만, 한 시대를 어떤 세대로 통과했는지는 생각보다 한 인간의 삶에 많은 영향을 미친다는 사실을 이제는 안다.

나처럼 새천년millennium, 그러니까 2000년 즈음에 성인이 된 사람부터 그 무렵 태어난 사람까지, 인터넷과 기술이 빠르게 발전하고 세계가 서로 지나치게 가까워지던 이 시기에 몸이 자라난 사람들을 묶어 밀레니얼 세대 Millennials라고 부른다. 좁게는 15년(1981~1996년생, 미국 퓨리서치센터 2018년 3월 발표 기준), 길게는 20년(1980년대 초반~2000년대 초반 태생, 가장 대중적으로 통용되는 기준)

정도가 이 세대의 범위 안에 있다.

기준을 어떻게 잡든 1983년생인 나는 이 세대에 속해 있고 그중에서도 선발주자인 셈인데, 이 세대를 또 따로 묶어 '선배 밀레니얼'이라고 부른다. 그러니까 선배 밀레니얼 중 한 사람으로서 밀레니얼 세대가 공유하고 있다고들 하는 세대적 특징을 가지고 있고, 그 특징 중 하나인 노마드 정서를 삶의 기준점이라고 할 만한 곳에 세워두고 이전 세대는 도무지 이해하기 어려워하는 방식으로 살아가고 있는 사람이 바로 나라고 할 때, 나로서는 '83년생 윤이나'에서 크게 벗어난 이야기를 할 방도가 없는 것이다.

이 책이 최종적으로 어떻게 마무리될지 그리고 어떻게 포장되어 팔리게 될지 알 수는 없지만, 이 책의 중요한 키워드가 노마드이고 또 밀레니얼인 이상 내가 할 수 있는 이야기는 나에게서 출발한 세대 이야기뿐이다. 그리고 정말 놀랍게도 밀레니얼 세대는 무려 '나' 세대로도 모자라 '나나나Me Me Me' 세대라고 불린답니다! 짜잔.

그러니 밀레니얼이라는 세대로 묶이게 되는 나의 출생연도와 나라는 존재를 빼놓고 이 책을 쓰는 것은 아예 불가능하지 않겠는가? '나나나 세대'라는 단어를 발견한 나는 마음이 아주 편해진 상태로 고민 따위는 하지도 않았던 것처럼 모든 이야기를 나에게서 출발하기로 했다.

무엇보다 밀레니얼은 일단 가치중립적인 단어라는 게 좋다. 이 단어를 가져오지 않았다가는 까딱하면 순식간에

88만 원 세대나 삼포 세대, 파이 세대 같은 것이 된다. 지난 세기의 단어처럼 느껴지지만 88만 원 세대는 2007년에 만들어진 단어로 선배 밀레니얼이 20대일 때 이들을 가리킨 말이었다. 삼포 세대는 연애, 결혼, 출산을 포기한 세대를 가리키는 말로 이후에 포기하는 것들이 늘어나면서 아예 N포 세대라고 부르기도 한다. 파이 세대가 가장 최근 단어인 것 같다. 파이PIE라는 단어만 보면 자동으로 3.14가 떠오르지만 개성을 중시하고Personality 자신에게 투자하고 Invest in myself 소유보다 경험Experience을 우선시하는 세대라는 뜻이다.

소득이라든가, 의도치 않게 포기해버린 것들이라든가, 정확히 무슨 의미인지 모르겠는 영어 단어의 머리글자 조합으로 불리느니 그냥 밀레니얼이 낫다는 것이 나의 생각이다.

이 모든 이야기를 '나'에게서 출발하기로 결정했을 때 나는 밀레니얼을 대충 '요즘 우리들'로 감각하고 있었다. 하지만 길게는 무려 20년에 가까운 시간을 차이에 두고 있는 80년대 초반 태생과 90년대 후반 태생이 밀레니얼이라는 단어 안에서 얼마나 서로를 '우리'로 감각할 수 있을지 도무지 알 수 없었다. 어쩌면 내가 할 수 있는 이야기를 하기에 앞서 내가 할 수 있는 이야기의 한계를 말하는 일이 더 중요할 것 같은 이유는 바로 이 밀레니얼이라는 단어 때문이다. 밀레니얼을 정말 동세대라고 말할 수 있을까? 선배 밀레니얼로서, 그중에서도 상당히 특수할 수 있는 경험을 가진 내가 할 수 있는 이야기는 어디까지일까?

공통점이라고는 조금도 찾을 수 없을 것 같은 사람이 갑자기 나타나 "우리 같은 사람들은"이라고 말하는 것은 정말 불편한 일이다. 90년대생, 특히 90년대 후반생 입장에서는 아주 환장할 노릇일게 틀림없다.

누가 우리예요? 무려 폴더폰을 썼던 저 사람들과 우리가요? 툭하면 2002년 월드컵 때는 몇 살이었는지 묻고 우리가 기억이 안 난다고 하거나 당시에 초등학생이었다고 답하면 넋이 나간 표정을 짓는 저 사람들과 우리가 같은 세대라고요? 뽀로로와 함께 큰 게 아니고 조카들이나 보는 애니메이션으로 뽀로로를 알고 있는 사람들과 공유할 수 있는 추억이라는 게 있을 수 있어요?

나를 포함한 80년대 초중반생 입장도 답답하기는 마찬가지일 것이다.

90년대생들은 문서 파일의 저장 버튼 아이콘이 플로피디스크 모양인 이유도 모른다잖아요 세상에! 한때 일본 음악을 듣는 일 자체가 아예 불법이었다는 건 과연 알까요? 1995년 일본 영화 〈러브레터〉를 보지도 않았겠지만 일본 대중문화 콘텐츠를 수입하는 게 불법이라서 비디오테이프에 복사, 또 복사해가면서 봤다는 건 더 모를 거 아니냐고요. 정말 우리가 같은 세대라고 불리는 게 맞는지. 모뎀으로 인터넷을 연결해서 쓰고 있으면 전화도 받을 수 없었던 시대가 있었다는 걸 안다면, 우리한테 거짓말이라고 할 게 분명해! 그런데 우리가, 우리라고요?

어쩔 수 없다. 우리는 나이가 비슷하다는 이유로, 사실 비슷한 나이라고 할 수 없는데도 이렇게 묶여버리고 말았다. 1988년 서울 올림픽의 호돌이와 1993년 대전 엑스포의 꿈돌이가 선사한 세계 시민의 꿈을 품고 자랐지만 1997년의 IMF를 겪으며 내가 안 망해도 나라가 망할 수 있다는 것을 현실에서 배우고, 그 시절의 자장 안에서 태어나고 자란 우리들은, 우리들이 되었다.

그러니 많은 부분에서 다른 경험을 했고 지금도 다른 경험을 하고 있지만, 일단 우리 세대를 인류 역사에서 처음으로 부모 세대보다 가난하고, 부모 세대가 당연히 획득할 수 있었거나 획득해야 한다고 믿었던 삶의 정상성과 멀어졌거나 멀어지기를 택한 세대라고 정의해보자. 그리고 우리 삶을 예상치 못한 방식으로 달라지게 만든 기술을 얻었고, 그 시대의 정수를 스마트폰이라는 이름으로 손에 쥐고 다니는 세대라고.

그 정도의 동질성 안에서 앞으로의 이야기들은 내가 쓰는 것이기에 당연하고 또 어쩔 수 없게도 선배 밀레니얼들, 그들 중에서도 여성의 이야기가 중심이 될 것이다. 물론 어떤 이야기에서는 그 범위가 확장될 수도 있을 것이고, 더 축소되기도 할 것이다. 이 책 안의 '우리'가 누구인가는 매번 다를 테지만 이 책을 읽어가는 이들이 우리가 되거나 우리를 바라보며 각자의 좌표를 찾아갈 수 있기를 바란다.

유연함이 생활과 생존의 방식이 된 사람들

밀레니얼은 그렇다 치고 내 이야기를 하겠다면서 한참 낡은 단어처럼 보이는 노마드는 왜 끌고 들어왔는가. 이유를 설명하려면 한참 전까지 갈 필요가 없고 1년 남짓만 과거로 돌아가면 된다. 이 책은 호주 멜버른에서 3개월 동안 체류한 뒤 돌아온 2018년 봄, 모든 짐을 경기도 하남의 부모님 집에 옮겨놓고 강원도 원주의 토지문화관 창작실에 들어갈 날만을 고대하고 있던 때에 기획하게 됐다.

집이, 없었기 때문이다. 집은커녕 사실 방도 없는 상황이었다. 불안하지 않은 것은 아니었지만 그렇게 살아가는 데 큰 불편을 겪지는 않는 상태였다고 말할 수는 있다. 그전 2~3년 동안 나는 주거 지역뿐 아니라 거주 형태를 여러 번 바꿨다. 원한다면 어디로든 떠날 수 있도록, 글을 쓰면서 혹은 또 다른 일을 하면서도 원하는 곳에서 살 수 있도록, 딱 그만큼 가벼운 삶을 유지하고 싶었기 때문이다.

멜버른에서 지구 온갖 곳에서 온 젊은 사람들을 만나면서 이들 중 꽤 많은 숫자가 나와 비슷하게 정착에 큰 의지 없이 지내고 있다는 것을 알게 됐다(이들을 밀레니얼 세대라고 묶어 말할 수 있다는 사실은 나중에 깨달았다.) 서울과 멜버른을 포함한 세계 여러 대도시의 살인적인 월세도 여기에 한몫하는 것은 분명한 사실이다. 그러나 월세가 전부는 아니었다. 내게도 월세는 중요하지만 이런 선택을 하게 만든 이유 그 자체는 아니다. 그래서 처음에는 나를 포함해 정착을 유보하거나 아예 정착을 염두에 두지 않는 방식의 주거 형태를 택하는 젊은 사람들의 이야기를 써보면 어떨까 하는 생각이 들었다. 우리는 왜 떠돌아다니기를 택했을까? 우리에게 집이 주어지지 않았기 때문일까? 그게 이유의 전부일까? 이런 질문들에 대한 답을 찾아가보고 싶었다. 밀레니얼과 노마드라는 두 축에서 후자에 좀 더 치우쳐진 기획이었다고 볼 수도 있겠다.

노마드는 원래 유목민이라는 의미다. 유목민이 거의 사라진 현대 사회에서는 정착하지 않고 주거지를 바꾸며 떠돌아다니는 사람을 의미하는 단어가 됐다. 이 단어의 고향인 중앙아시아 지역이나 지구 어딘가의 일부만이 아니라 전 세계적으로 노마드라는 표현을 사용할 수 있게 된 데는 인터넷과 기술의 발달이 중요했으므로 지금 노마드라고 한다면 대부분 디지털 노마드를 가리킨다.

이런 노마드적인 생활 양식과 주거 형태가 밀레니얼 세대의 특징 중 하나가 된 데는 이 세대가 시차를 감각하지 않는 세대인 것이 영향을 끼쳤다.

당연히 물리적인 시차는 존재한다. 스페인 축구팀 FC

바르셀로나를 좋아하는 나는 언제나 유럽 시간을 자동으로 계산하는 버릇이 있다. 뿐만 아니라 유럽에서 초저녁에 잠들어 꼭두새벽에 일어나는 사람들과 같은 시간에 잠들었다가 깨어난다(심각한 야행성이라는 이야기다.) 이런 수면 습관 덕분에 지난 4월 노트르담 대성당이 불에 탔을 때 실시간으로 소식을 듣고 프랑스 파리 현지의 생중계 뉴스를 볼 수 있었다.

내가 말하는 '우리 세대가 시차를 느끼지 않는다'는 것은 '실시간'을 의미하는 것이다. 서울과 파리는 유럽 서머타임이 적용되었을 때 일곱 시간, 아닐 때 여덟 시간 시차가 있다. 인터넷으로 연결되어 있고 그 연결을 개인이 스마트폰이라는 기기를 통해 일상적으로 체험하는 이 시대 사람들에게 그런 시차는 무의미하다. 지구 반대편은 더 이상 머나먼 이국 땅이 아니게 되었고, 내 발이 고정되어 붙어 있는 이곳이 아닌 다른 나라, 다른 세상, 다른 삶을 실제로, 동시간에, 직접 볼 수 있게 됐다.

새로운 기회와 가능성은 그것이 존재한다는 것을 볼 수 있을 때 생겨난다. 태어나고 자란 곳에 붙박이처럼 붙어 있지 않아도 된다는 것이 확인되자, 붙어 있지 않기를 택하는 사람들이 늘기 시작했다. 여행을 떠났고, 아예 떠나기도 했다. 그중에서도 스마트폰을 손에서 놓지 않고 카페에서 노트북을 펼치는 것으로 그곳이 자기 작업장이 될 수 있는 유형의 일을 하면서 세계 여러 곳에서 살며 일하는 사람들을 특정해 디지털 노마드라고 부르는 것이다.

노마드라는 말이 자주 쓰이면서 노마드 개념은 물리적 공간의 이동에서 직업과 주거 형태, 생활 양식 등을 고정시키지 않으며 이동의 가능성을 열어둔 삶으로 의미가 확장됐다. 노마드는 본질적으로 고정되어 있는 생각으로부터도 이동하려고 드는 존재들이다. 그래서 넓게 보면 기존 사회가 원하는 가치나 특정한 삶의 방식, 이를테면 정상 가족의 일원이 되어 생애 주기에 맞춰 살아가기에 얽매이지 않고 끊임없이 자기 자신과 주변 환경, 생활 양식을 바꾸어가며 살아가는 사람이 있다면 그들 또한 노마드라고 할 수 있을 것이다. '잡job 노마드'는 회사나 승진 같은 기존의 직업과 당연히 이어진 것으로 여겨지는 의미에 연연하지 않고 자신이 중요하다고 생각하는 가치에 따라 직업을 바꾸는 사람들을 의미한다. '하우스 노마드'는? 설명하지 않아도 알 것이다.

그렇기 때문에 노마드라는 단어는 밀레니얼 세대의 특성에 빠지지 않고 들어간다. 이들은 의도해서 포기했든 원하지 않았는데도 포기하게 되어버렸든, 당연한 수순으로 여겨지던 과정에서 일탈한 삶들을 보게 되었다. 보았으므로 그렇게 살게 되었다. 당연하다고 하는 것들에 질문을 던질 만큼 많이 배웠고, 직업과 일과 집과 가족의 의미를 다시 고민하고, 새로운 선택을 하며, 삶의 자리를 이동하기 시작했다.

그런 의미에서 낡았든 아니든 노마드라는 단어는 여전히 지금의 나와 우리 세대의 일부가 분명히 가진 삶의 태도를 설명하기에 유효하고도 적합한 단어라는 사실을 깨달았다. 밀레니얼 세대는 사는 곳뿐만 아니라 삶이 고정되어 있지 않다는 것을 깨닫고 시대와 기술의 변화에 유연하게 대처하면서 계속 달라지며 살아가기로 한 첫 세대인 것이다. 그리고 나는 넓게 보든 좁게 보든 노마드로 살아가기에 매우 적합한 작가라는 직업을 가지고 있다. 어쩌다 보니 이 세대의 특성을 가지고 살아가기에도, 그것에 대해 기록하기에도 매우 적합한 직업을 가지게 된 덕분에 이 책을 쓰고 있는 것이다.

노마드, 그건 정말 내가 선택한 걸까

사실 밀레니얼은 세대를 부르는 말이니까 그렇다 쳐도 노마드는 지금 굳이 다시 꺼내놓기엔 좀 낡아 보이는 단어인 것은 사실이다. 생각해보면 15년 전쯤 대학 신문방송학과 수업에서도 들었던 것 같고, 언론고시를 준비했던 10년 전에 박문각 시사 단어 교재에서 본 것 같기도 하다. 2006년에 「타임」에서 올해의 인물로 인터넷을 이용하는 당신You을 꼽았다는 것은 그 시절 상당히 중요한 시사 상식이었다. 표지에는 'You'가 크게 적혀 있었던 기억이

난다. 그때 대수롭지 않게 넘겨버린 그 'You'가 유튜브의 'You'임을 자각하고 10년 전쯤 유튜브 크리에이터가 되었더라면 뭐가 돼도 됐을 텐데, 그때나 지금이나 잘난 척만 하고 어리석은 영혼이 아닐 수 없다.

노마드라는 단어는 들뢰즈가 1968년 노마디즘이라는 단어를 사용한 데서 유래되었다는데 그것은 사실 굳이 알 필요가 없고, 중요한 건 이 단어가 오래되었다는 느낌이 기분 탓이 아니고 실제로 50살이 넘은 오래된 단어라는 점이다. 어떻게 하겠는가? 반세기 전 철학자가 미래인들의 생활 양식을 예측하며 한 말이 노마드였고, 지금이 바로 그 미래인 것을.

그렇습니다. 여러분, 우리는 원더키디의 우주로부터 겨우 1년 전 미래에 살고 있단 말입니다. 그러니 앞서 살다 간 똑똑한 사람이 나와 내 세대의 일부가 살아가게 될 방식을 예측하여 미리 붙여준 이름이 노마드일 때, 현재가 된 미래에 대해서 말하고 싶다면 일단 그 단어를 사용하는 게 옳다는 생각이다.

일단 노마드와 밀레니얼, 이 두 단어가 내게 있는 이상 나는 이 단어들을 통해 나를 읽고 싶었다. 나는 어쩌다 지금의 내가 되었는가? 원더키디와 함께 우주로 뻗어나가도 모자랄 시절을 살아야 했을 내가 어쩌다가 이토록 천장이 낮은 작은 방에 살면서 손바닥보다 작은 화면으로 세상과 사람을 만나게 되었는가? 밀레니얼인 건 어쩔 수 없다 쳐도 어쩌다가 노마드 같은 것이 되었는가? 이 단어들로 그런 질문들에 대한 대답을 찾고 싶었다. 일단 시작은 그랬다는 이야기다.

솔직히 말하자면 출생연도로 인해 밀레니얼 세대로 구분되는 것은 어쩔 수 없다 하더라도 노마드 같은 것은 정말, 되고 싶지 않았다. 그러나 그 또한 어쩔 수 없었다. 한때는 나 역시 삶을 어딘가에 뿌리박게 해주는 무엇, 이를테면 정규직이라든가 결혼이라든가 출산 같은 것을 내가 선택하지 않았다고 생각했었다. 그러니까 제목부터 당당한 『미쓰윤의 알바일지』라는 책도 쓴 것이다.

'편의점 알바도 안 해봤으면서 무슨 알바 일지냐!'라는 성토를 받고 있기는 하지만, 이 책은 알바로 통쳐지는 비정규직, 무소속 노동과 그 일로 채워진 삶의 기록이다. 적어도 성인이 된 후 나는 매우 불안하면서도 자유로울 것으로 여겨지는 프리랜서 작가라는 상태를 택해서 일해왔고, 그 상태를 유지하며 생존해왔다. 그 생존의 끝에 "14년 알바 인생, 비참한 적은 한 번도 없었어요"라는 헤드라인 아래 신인 개그우먼 인터뷰 사진이라고 하면 누구라도 믿을 모습으로 활짝 웃는 사진이 신문에 실리게 될 줄 알았다면 그런 삶을 선택하지 않을 수도 있었을 것이다.

선택이라고 말하는 것이 마음도 편하고 좀 멋있게도 느껴졌기 때문에 그렇게 말하고 그렇게 믿은 것 같다. 그러나 사실 내가 선택하지 않은 게 아니라 선택할 수 없었던 것일 수도 있지 않을까? 그렇게 선택할 수밖에 없는 배경, 그러니까 나와 내 주변의 사람들과 또 내가 속한 세대가 공유할 수밖에 없는 어떤 환경이 존재했기 때문에 내가 사회가 말하는 비정상성을 어쩔 수 없이 선택하게 된 것은 아닐까?

이 배경을 설명하려면 세대의 특징, 그 안에서 내가 왜 그런 선택을 하게 되었는지를 다시 한 번 짚고 넘어갈 필요가 있겠다. 나를 포함해 '선배 밀레니얼'로 분류될 80년대 초반생들은 졸업과 동시에 재빨리 취업 시장의 문을 두드렸다면 조금 빠듯하기는 해도 그럭저럭 앞 세대가 말하는 안정된 '인생 궤도'에 안착하는 것이 가능했다. 이후 상당히 빠른 속도로 취업 시장이라는 것이 좁아지지만 일단은 그랬다.

서울의 4년제 대학 졸업생인 나의 대학 한두 학번 선배와 동기 중 상당수가 진입한 생활의 조건이라는 것은 물리적으로 존재한다. 당장 잘리지는 않을 정규직 직장, 서른 살 전후에 결혼해서 꾸린 가정, 한 명 이상의 아이, 수도권의 28평 이상 아파트.

잠깐 덧붙이자면 나는 이 조건이 '82년생 김지영 씨'의 조건과 일치하는 데서 소름이 돋았다. 그렇다면 '김지영'을 향한 2030세대(이 또한 2019년 기준 밀레니얼 세대와 같은 말이다) 남성들의 무조건적인 증오는 자신들은 진입이 불가능해진 세계로 '무임승차'했다고 여겨지는 젊은 여성을 향한 분노는 아니었을까? 본인들에게는 그토록 간절한, 기존 사회가 요구하고 정상성을 부여하는 그런 삶의 궤도에 안착하고도 차별을 받았다고 말하는 여성을 어떻게 눈 뜨고 지켜볼 수 있겠는가? 여기서 나는 세대가 같다고 해도 성별에 따라 다른 시대를 살아간다는 점을 다시금 깨달았다. 이는 반드시 이야기할 필요가 있기에, 뒤에서 보다 진지하게 다룰 것이다. 이제 다시 '조건'에 대한 이야기로 돌아가보자.

선택한 것과 선택할 수 없었던 것 사이에서

여기서 던져야 하는 질문은 이것이다. 이 모든 조건을 가능하게 할 첫 번째 조건인 정규직 직장 갖기를 시도했으나 미끄러진 이상, 그 조건들을 갖기 위해 계속해서 적극적으로 행동하지 않았다는 이유만으로 내가 현재의 내 상황을 선택했다고만 말할 수 있을까?

나의 나이와 조건을 기점으로 이후 세대 대부분이 저 '정상성의 세계'로 진입하기가 어려워졌다. 그 상황에서 내가 나의 미끄러짐을 인정하면서 가능했던 최대치의 반항이자 자기보호는 스스로 선택한 척하는 것 정도였다. 작가라는 직업의 특성상 이를 선택으로 보이게 하는 것은 그렇게 어려운 일은 아니었다. 하지만 선택을 하지 않았다고 하더라도 지금의 내가 어딘가 좀 끼어 있는 것 같은 느낌으로나마 밀레니얼의 노마드적 삶의 방식에 대해서 말할 수 있다면, 말하면 좀 어떤가.

지금은 그렇게 생각한다. 30대, 여성, 비혼, 작가. 정기적이고 고정적인 소득 없음. 집 없음. 물려받을 재산 없음. 다행히 빚도 없음. 여전히 가능하다면 더 많은 곳에 살며 역시 가능하다면 계속 일하며 살고 싶고 그렇게 살기 위해 이 책을 쓰는 것 외에도 수많은 일을 하고 있음. 이런 내 상황의 일부는 내가 선택한 것이고 또 일부는 내가 선택한 것이 아니다. 선택이든 아니든, 지금 내가 가고 있는 삶의 방향에서, 정상성의 범주를 좀 이탈한 것으로 보이는 내 삶의 궤도에서, 이전이라면 알지 못했거나 보지 못했을 어떤 아름다운 무늬 같은 것을 보게 되었거나 보고 있거나 보게 될 수도 있다고 혹은 그런 걸 만들어가볼 생각이라는 이야기를 하고 싶다.

그리고 이 책은 바로 이런 나의 상태 언저리, 나의 세대 언저리에서 사회가 말하는 정상성의 테두리의 바깥이나 경계에 있으면서 나는 어떻게 오늘의 내가 되었는가를 궁금해하는 사람이 읽기를 바라며 쓸 것이다. 그런 우리가 어떻게 살아가면 좋을지에 대해서는 책을 덮은 뒤에 함께 더 이야기해본대도 좋겠다.

'그렇습니다. 어쩌다 보니 좀 끼어 있는 것 같은 느낌이 들기는 하는데, 저는 어딘가에 묶인다면 앞선 세대보다는 다음 세대 쪽인 것 같습니다. 그 시대의 후배가 되느니 이 시대의 선배인 게 나을 것 같아서는 아니고요. 굳이 이렇게 살려고 한 것은 아니었습니다만, 어쩌다 보니 그렇게 되었습니다. 다시 한 번 말하지만 제가 하지 않은 게 아니라 할 수 없었던 것일 수도 있잖아요? 제가 선택한 결과든 어쩔 수 없이 벌어진 일이든, 저는 미끄러져 도착한 이 자리에서 저의 삶이라는 것을 좀 살 만한 것으로 만들어볼 생각입니다. 그게 비록 전에는 잘 찾아볼 수 없었거나, 있었더라도 사람들이 크게 관심이 없었던 삶의 방식이라고 해도 말입니다.'

　이렇게 된 것은 실은 어쩌다였지만, 어떻게 살아갈 것인가는 내가 선택할 수 있는 문제라고 믿기 때문이다.

보시다시피 디지털 노마드

내게 2017년은 프리랜서 작가로 일한 지 만 10년을 채운 해였다. 연차로는 11년차였고, 드라마 작가로 데뷔한 해이기도 하다. 돌이켜보면 직업에 많은 변화가 있었지만 삶에는 아직 그 변화의 여파가 도착하지 않았고, 그래서 홀로 내 인생에 시차 적응을 하느라 고달팠던 이상한 한 해였다. 2년 가까이 시간을 들여 쓴 드라마가 공개됐지만 커리어에 별다른 변화는 느껴지지 않았다. 지인들과 새로운 프로젝트를 시작하고도 수입은 오히려 줄었다. 삶의 질이 높아지고 있다거나 작가로 살아가는 오늘의 일상이 나아지고 있다는 감각은 어디에서도 느껴지지 않았다.

프리랜서 작가로 10년 넘게 일하면서 알게 된 단 하나의 진실이 있다. 사람들은 프리랜서가 어떻게 일하는지 아예 모른다는 사실이다. 그리고 그 사람들 안에는 나 자신도 포함된다. 그 사실을 너무 늦게 알았다. 나는 한 번도 어딘가에 소속된 적 없이 일회성으로 청탁을 받아 글을 쓰고, 6개월 이하의 단기 계약만을 하며 일해왔다. 승진도, 연봉 협상도, 직함의 변화도 없는 일이다. 산업 생태계에 변화가 생기면 언제든 수입이 될 만한 일거리가 사라지기 쉬운 조건이기도 하다. 나는 그런 환경에서 내가 어떻게든 잘 버텨왔다고 생각한다.

그런데 세상이, 일하는 나를 둘러싼 환경이 변하고 있었다. 잡지, 신문, 웹진의 칼럼이나 에세이 지면은 계속 줄고, 책을 통해서도 이렇다 할 소득이 이어지지 않는 상황에서 언제까지 이런 방식으로 일하며 살아갈 수 있을 것인가? 누군가가 나에게 일을 주는 방식에 기대어 있다면 그 누군가가 사라지면 나는 백수가 되는 건데 이런 상태의 불안을 떨치지 못하는 채로 일하는 것이 옳은 일인가? 프리랜서가 원래 이런 게 맞나?

불안은 프리랜서의 필수 요소일까

프리랜서는 원래 불안한 게 맞을 것이다. 그래도 프리랜서 노동자들에게 완전히 안정적이라고까진 말할 수 없어도 일이 공급되는 끈이 단단히 존재하던 때가 없지는 않았다. 그러다가 전문성을 기반으로 개인이 회사와 장단기 계약을 맺어 일하는 프리랜스 이코노미Freelance Economy, 단기, 비정규, 임시직 고용을 특징으로 하는 긱 이코노미Gig Economy의 세상이 도래하면서 더 많은 분야에 프리랜서들이 생겨났다. 자연스럽게 이들 개인의 불안도와 사회의 불안도는 함께 높아졌다.

소속 없음의 상태, 즉 안정적 고용이 주는 수입과 복지의 바깥에서 일하는 상태를 택한 사람들이 있다. 불안을 감수하는 대신 원하는 방식으로 일하기를 선택한 사람들이다. 물론 프리랜서 모두가 그런 방식을 '선택'했다고 말해서는 안 된다. 고용이 불안하고 고용을 아예 하지 않는 상황에서 일단 일을 하는 방법으로 프리랜서의 길을 걷는 사람이 늘었기 때문이다. 인맥과 정보, 일하는 방법을 기존 조직에서 얻지 못한 채로 프리랜서라는 불안 속으로 던져진 사람들이 생겨났다는 의미다.

프리랜서를 선택한 것과 선택지가 프리랜서밖에 없는 상황은 엄연히 다르다. 이런 상황이 생겨나기 직전, 나는 나의 의지로 프리랜서 작가가 된 것이지만 세상의 변화는 당연히 내게도 영향을 미쳤다. 시대에 발맞추어 나 자신을 온갖 장르의 글을 쓰는 인간 콘텐츠, 브랜드로 만들어가자는 거창한 목표는 세워봤지만 이를 이루려면 어떤 전략을 어떻게 만들고 어디부터 어떻게 시작해야 할지 도무지 알 수가 없었다. 실은 당장 닥친 일을 또 쳐내면서, 내년의 종합소득세 신고 앞에서 적나라하게 드러날 1년 치 총소득이 내게 줄 좌절이 두려워 떨 뿐이었다.

무엇보다 그전까지는 그래도 나름대로 불안을 견디는

방법을 찾아가면서 눈에 보이거나 또 보이지 않는 방식으로 더 나아졌다는 느낌이 있었다. 그때는 아니었다. 프리랜서이기만 한 게 아니라 작가이기도 한 바람에 끊임없이 무엇인가 더 새로운 것을 시도해야 한다. 팔 것이 있다면 어떤 방식으로든 읽히고 보이는 것으로 만들어 팔아야만 한다. 그래야 다음 일로, 새로운 작업으로 이어갈 수 있다. 그런 시도를 한다고 하고 있는데도 달라졌다는 느낌이 없다는 것은 아주 분명한 위험 신호였다.

아침에 눈을 뜨면 내 안의 불안이 밤새 무럭무럭 자란 것을 느낄 수 있었다. 돈만의 문제는 아니다. 돈을 조금 덜 벌었다고 해도 오늘 한 일이 내일로 이어진다면 괜찮았다. 어차피 내가 하는 일은 어딘가에 소속되어 그 안에서만 일하고 급여를 받는 구조 안에 있지 않기 때문이다. 단 한 가지 일만을 하지 않고 각기 다른 욕망과 기대가 섞인 전혀 다른 일들을 나라는 한 사람이 하는 일로 통합하는 과정은 『내리막 세상에서 일하는 노마드를 위한 안내서: 누구와, 어떻게, 무엇을 위해 일할 것인가』에 이미 잘 나와 있다.

내가 찾은 나름의 해결책은 내 일을 포트폴리오처럼 꾸려가는 것이다. 일에 대한 서로 다른 욕망들을 이해하고 그 사이에서 적절한 타협과 균형을 이뤄줄 일거리의 조합을 만들려고 애쓴다. 적당한 돈벌이와 적당한 사회적 의미와 적당한 자아실현을 조합하는 것이 지금으로서는 나의 최선이다. 욕망 사이의 우선순위는 나이에 따라, 상황에 따라 변화해왔다. 그래서 내 일의 조합 역시 늘 변하고 있다.❖

이 책의 정의에 따르면 내 일의 포트폴리오에는 정말 여러 일이 빼곡히 들어차 있다. 개인적인 장·단기 집필 프로젝트, 지인·동료와 협업으로 진행하는 프로젝트, 단기 계약 형식으로 맡은 일들, 적지만 고정으로 글을 쓰는 지면, 매달 들쑥날쑥하게 원고 청탁이 들어오는 지면, 그 외에 강연이나 팟캐스트 출연, 미팅 같은 일들이다. 이 일들은 매달 각기 다른 비중으로 맞물려 돌아간다. 이 일들의 마감일을 배분하고, 각각의 일에 알맞게 힘을 주고 빼며, 각기 다른 일의 성질에 맞게 시간을 써야 한다. 이 과정 역시 일의 일부다.

어떤 의미로는 놀랍고 어떤 방향에서 보면 당연하게도, 시간을 더 많이 투여하는 일이 반드시 더 많은 소득을 가져다주지는 않는다. 한 가지 일을 하는 사람이 하루 여덟 시간을 일하고 일정한 일당을 받는다고 할 때, 프리랜서가 그와 같은 일당을 받으려면 이런저런 일을 그러모아

❖ 제현주(2014), 『내리막 세상에서 일하는 노마드를 위한 안내서』, 어크로스, 66쪽.

여덟 시간보다 긴 시간을 일하는 데 들여야 할 확률이 높다. 그렇기 때문에 프리랜서인 나는 일마다 들일 힘과 시간을 잘 계산해야 하는 것이다.

시간은 많이 투여해야 하는데 그 일로는 합당한 소득이 주어지지 않는다면 다른 이유가 있어야만 그 일을 해나갈 수 있다. 그 일에서 재미를 느끼든지, 그 일이 또 다른 일로 이어질 수 있든지, 그 일에서만 얻을 수 있는 여러 감각이 나를 더 나은 사람으로 만들어주든지.

상당히 긴 시간 동안 따로 급여를 받지 않고도 드라마 대본 작업을 할 수 있었던 것도 이런 이유다. 대본을 쓰는 동안 그 일과 함께 조합되어 있던 다른 일들이 생계를 유지하게 해주었고, 나는 대본을 쓰면서 그때까지 써온 것과는 장르가 다른 글을 쓰는 재미를 느꼈다. 타인과 하나의 세상을 만들어가는 일도 즐거웠고, 내 대본이 드라마로 완성된 뒤에 내게 벌어질 일들을 기대하면서 작업하는 것 또한 즐거운 경험이었다. 내가 기대한 바와 드라마가 완성된 뒤에 내가 얻은 것이 전혀 달라 문제였지만, 그 문제에 대한 나름의 답을 찾아가면서 나는 한 번 더 내가 어떤 방식으로 일하고 있는지, 내가 일이라는 것에서 얻고자 하는 게 무엇인지 정리할 수 있었다.

이런 나의 개인적 변화와는 달리, 내가 속한 생태계에서 작가로서 자생력이 사라져가고 있다는 느낌은 떨칠 수 없었다. 그리고 그것이 불안이 자라는 원인이었다. 나는 산업과 이어진 끈이 거의 없는 상태로 드라마를 썼다. 그 끈 마저 사라지고 나니 또 다른 드라마를 쓸 기회는 쉽게 찾아오지 않았다.

남이 주는 일거리는 많으면 많은 대로 끊길까 봐 걱정이었다. 일의 양을 내가 조절할 수 없다는 점도 고통스러웠다. 일이 적을 때는 이대로 일거리가 완전히 사라지지 않을까 하는 생각에 쉽게 사로잡혔다.

돈벌이, 작가로서의 성장, 재미, 성취감, 개인적이고 사회적인 의미 같은 것들이 각기 다른 비중으로 채워진 각각의 일들을 이렇게 저렇게 조립하면서 어떻게든 포트폴리오를 채워간다 해도, 당장 내일이 보이지 않는다면 과연 그 일들을 계속 해나갈 수 있을까? 이렇게 닥쳐온 일을 계속해서 쳐내기만 하면서 어느 날 일이라는 공이 더 이상 나에게 던져지지 않는다면 어떻게 해야 할까? 나는 그때를 위한 준비를 하고 있는 건가?

노마드의 실험

일에 대한 고민에 사로잡혀 있으면서도 동시에 일이 전부가 아닌 개인으로서는 언제 어디로든 떠날 수 있는 삶의 상태를 유지하고 싶은 욕망이 있었다. 그래서 되도록이면 보증금을 묶지 않을 수 있는 거주지를 찾고, 6개월 이상 거주지를 옮기기 어려운 작업은 계약하지 않고 살았다. 그리고 운이 좋게도 그런 방들을 찾아 머물며 지냈다. 안정과 정착의 욕구가 왜 다른 사람들보다 적은지는 잘 모른다. 하지만 우선 그게 나라면 그런 내가 반드시 서울에 머물러야 하는 이유가 있을까? 서울이라는 장소에 계속 살아가는 것이 일의 지속 가능성을 남보해주지 않는다면 꼭 여기여야 할 이유가 있을까? 떠날 때가 된 것은 아닌가? 그렇게 생각했을 뿐이다. 찬찬히 생각해보면 사실 서울일 이유는 하나도 없었다. 겨우 숨 쉬는 데만도 너무 많은 비용을 지불해야 하는데, 그 공기마저 미세먼지 가득한 도시가 아닌가.

『원하는 곳에서 일하고 살아갈 자유, 디지털 노마드』는 디지털 노마드의 개념을 설명하면서 밀레니얼 세대를 두고 "부모 세대가 '직장이 있는 곳'으로 이동한 것과는 달리, 우리는 일하고 살아갈 곳을 직접 선택할 수 있는 거의 첫 번째 세대"라고 분명히 언급한다. 밀레니얼 세대는 내 손 안의 인터넷으로 공간의 물리적 제약을 쉽게 뛰어넘고, 온라인과 오프라인을 굳이 구분하지 않는다. 그렇게 정착에 깊은 의미를 두지 않는 이들이 "부모들이 평생을 보낸 전통적인 업무 환경과 '내 집 마련'이라는 인생 목표에 의문"을 던지고 그 대안으로서 삶의 질을 높이기 위한 이동의 자유를 택한다는 것이다.[*]

새로운 세대는 기존 방식대로는 더 이상 생존하기가

어려워서 혹은 기존 방식대로 살아갈 이유가 없어서 대안을 찾는다. 나의 경우는 둘 다였다. 전통적인 의미로서의 노마드, 유목민이라면 여기는 더 이상 뜯어 먹을 '풀'이 없다는 느낌이었다는 이야기다.

여기들 보세요. 저희가 떠나야만 이곳에 풀이 다시 자랍니다. 계속 머물다간 제가 가진 가축들, 이를테면 흔해 빠진 재능이라든가 기술인지 알 수 없는 기술이라든가 하는 것들마저도 먹을 풀이 없어서 말라 비틀어지고 말 거예요. 미세먼지 속에서는 저라는 인간 또한 도저히 자랄 수가 없단 말입니다. 아시겠습니까?

시절의 혜택을 누린다는 생각을 해본 적은 없지만, 많은 일이 물리적 공간의 제약을 덜 받는 시절에 태어나서 하필이면 프리랜서라는 상태의 작가라는 직업을 가지고 일하고 있는 이상 일단 해보자는 생각이 들었다. 일단 해보고 아니면 그때 '이것은 실패의 기록이다'라며 또 뭔가를 팔 수 있지 않겠는가(보시다시피 지금 실시간으로 내가 하고 있는 일이다.) 어차피 정상 궤도에서는 일찌감치 벗어났다니까.

서울에 머물며 하고 있던 일 중에서 영화배우 인터뷰 영상 대본을 쓰는 일을 가장 먼저 정리했다. 내가 한 여

❖ 도유진(2017), 『원하는 곳에서 살아갈 자유, 디지털 노마드』, 남해의봄날, 23, 30쪽.

러 일 중에서 유일하게 현장 진행과 미팅이 필요한 일이었다. 문제는 가장 소득이 높은 일이라는 것이었다. 즐겁게 하고 있던 일이기도 했다. 아쉬웠지만 어쩔 수 없었다. 그 밖에 다른 일들 중에서는 일을 준 사람, 함께 일하는 사람들과 반드시 마주해야 할 이유가 있는 일은 없다는 판단이 섰다. 정말로 그랬다. 나의 경우 일회성 청탁은 대체로 전화나 이메일로 받는데 이 통로는 이메일 하나로 통일하면 된다. 그간의 경험으로 미루어보았을 때 말보다는 글로 정리하는 게 빠르고 정확하며 나중에 일을 진행하고 정리하는 데도 도움이 된다. 미팅은 대체로 서로가 실제로 존재하는 인물임을 확인하는 과정으로 협업 초반에만 의미가 있다. 상호 신뢰가 존재한다면 사실 생략이 가능한 부분이다.

메일과 일을 가능하게 하는 인터넷상의 도구들(어플리케이션, 소프트웨어. 무엇보다 구글이 제공하는 모든 기능!)이 있다면 일을 함께 하는 데 별 어려움이 없다. 굳이 얼굴을 보고 전달해야 하는 있는 일이 있다면 페이스타임이나 스카이프, 행아웃 같은 영상 통화 기능을 사용하면 된다. 나는 영국 대학원 면접을 스카이프 영상으로 치른 적이 있다. 학교에서 수학할 학생을 뽑는 공적인 일이 영상 통화로 가능한데 회의가 불가능할 리 없다.

이론적으로는 가능하다는 것이다. 문제가 있다면 기존 업무 환경에서 일하는 윗세대의 상당수는 이런 기술에 익숙하지 않다는 것인데, 나는 당장은 그들과 일하고 있지 않기 때문에 상관없었다. 디지털 노마드로 살아갈 수 있는 기술이 완성된 시대에 태어났고, 하고 많은 직업 중에서도 프리랜서의 상태로 작가로 일하고 있다. 그렇다면 해본대도 괜찮지 않을까?

목표를 정했다. 한국에서 장소 제약 없이 가능했던 일을 유지한다. 현재 나의 상태를 이해하고 받아들여주는 동료들과 함께하는 프로젝트라면 해외에서 일하면서 유지가 가능한지 실험한다. 한국, 서울이 아닌 곳이 지금 나에게 '여기'일 수 있다는 감각을 가지고, 그곳에서만 가능한 경험을 하면서, 계속 일한다.

그래서 짐을 옮겼다. 2014년에 워킹홀리데이 비자로 출국해 1년간 오스트레일리아 브리즈번에서 머물다 돌아왔고 4년이 조금 넘는 시간 동안에는 방에서 방으로 짐을 다섯 번 정도 옮겼는데, 또 한 번 머물 곳을 옮기게 된 것이다. 이번에도 다시 호주, 멜버른으로. 일단 글로벌 디지털 노마드 생활 실험이라고 거창하게 말하고 주변에서 보기에는 갑작스럽게 결정한 뒤 2018년 새해가 밝자마자 떠나왔다.

그럴 줄 알았지만 원래도 정착해서 살아가고 있지 않은 나에게 조금 먼 곳에서의 3개월은 생각만큼 큰 변화는 아니었다. 자연스럽게 멜버른에서도 계속 일했다. 내 인생은 대체로 계획대로 흘러가지 않는 편인데 계속 일하고 있다는 상태만은 좀 너무하다 싶을 정도로 유지되었다. 한국과 연결되어야만 할 수 있는 작업이 줄자 수입 또한 눈에 띄게 줄었지만 그래도 계속했다. 영상화가 가능할지 알 수 없는 단막극 한 편의 대본을 썼고, 친구와 함께하던 페미니즘 프로젝트로 여성의 날 행사 기획에 합류했다.

그리고 나는 구글의 힘을 확인했다. 눈을 뜨면 자기 일을 성실히 마친 동료들의 흔적이 구글 폴더 안에서 나를 기다리고 있었다. 나도 내가 머문 집 식탁에서, 관광객 가득한 스타벅스 한쪽에서 일을 했다. 일상은 마냥 낭만적이지만은 않았고 서울과 다를 게 없기도 했다. 그러나 분명 서울이 아니었다. 바로 그 점이 좋았다. 거기서도 일하는 매일의 일상을 살아가야 한다. 그래도 일 바깥의 일상이 새로운 지도에 익숙해져가는 아주 느린 여행과 같다는 점만으로도 삶은 조금 나은 것이 되었다.

익숙하고도 복잡한 감정들에서 떨어져서, 오래 배웠음에도 끝내 더듬거릴 수밖에 없는 언어로 내 생각과 감정과 상태를 전달하는 일이, 그렇게나 어려운 상황이 재미있는 순간들이 있었다. 다른 언어로 말하며 마음의 다른 근육을 쓰는 감정을 배워가면서도, 가장 익숙한 언어로 일을 해나가는 상태에서만 만날 수 있는 낯선 내가 좋았다. 디지털 노마드는 해외여행을 다니면서 돈을 벌 수 있다는 환상과 낭만을 지운 뒤에도 나의 일은 계속 이어진다. 그렇기 때문에 더욱 나는 내가 원하는 곳에 머물고 또 떠나면서 일하고, 그렇게 살고 싶었다.

앞에서 말했듯이 내가 그렇게 일하고 싶다는 것이 밀레니얼 세대가 프리랜서로서 계약직이나 임시직 상태로 일하기를 선호한다는 의미는 아니다. 우리는 만 25세에서 34세 청년 세대의 절반 이상이 공무원을 가장 선호하는 직업으로 꼽는 사회에 살고 있다. 청년 시절 대부분을 임시와 유예로 보내는 세대는 안정을 갈구하게 마련이다. 프리랜스 이코노미, 긱 이코노미 경제 체제가 소비를 활성화하리라는 기대는 소비의 주체가 된 밀레니얼 세대에게 물건과 체험을 팔아야 하는 윗세대의 기대일 뿐이다.

경제 체제가 임시직을 중심으로 재편되고 밀레니얼 세대가 이를 선호하기 때문에 고용률과 소비가 둔화됐다는 지적이 있다. 이 지적은 원인과 결과가 바뀌어 있다. 저성장 시대에 일을 찾아야 하는 밀레니얼들이 자신들을 사용해주는 일로 찾은 것이 임시직, 프리랜서인 것이다. 현재의 시장 경제 체제 안에서 4차 산업혁명의 물결을 타면 이러한 변화는 가속화될 수밖에 없다.

디지털 노마드는 바꾸기 어려운 이런 밀레니얼의 현실 속에서 일과 삶의 새로운 선택지로 등장했을 뿐이다. 이렇게 살고 일하는 것도 '가능하다'는 것이다. 좋아 보이는 선택지가 아니라, 가능한 선택지다.

정확하게 정리하고 싶은 부분이 있다. 대부분 프리랜서가 글로벌 디지털 노마드로 살기에 유리한 조건이라고 생각하지만, 비자를 비롯해 프리랜서가 디지털 노마드가 되려고 할 때 준비해야 하는 것이 도리어 훨씬 많기 때문에 반드시 그런 것은 아니다. 디지털 노마드의 많은 수가 원격근무로 기업에 정규직으로 고용되어 일하고 있는 만큼, 이러한 삶의 상태가 반드시 안정과 배치되는 개념이 아니라는 것을 밝히는 것도 중요하다고 생각한다.

디지털 노마드는 윗세대가 예측했지만 밀레니얼 세대의 일부가 그 삶을 실제로 살아가며 개인의 상황에 맞춰 새롭게 개발해가고 있는 개념이다. 내가 그랬듯이 주어진 현실 안에서 가능한 한 더 나은 삶을 살아보기 위해서 말이다.

"자기 자리 같은 게 꼭 있어야 돼?"

디지털 노마드답게 처음으로 전 과정을 원격으로 참여한 여성의 날 행사의 회고 미팅 또한 구글의 행아웃 앱을 통해 화상으로 이루어졌다. 날짜를 착각하고 친구 집에서 저녁 시간을 보내고 있던 나는 부랴부랴 이어폰을 끼고 테라스로 나갔다. 행사를 치른 소감을 각자 간단히 나눈 뒤 공유된 구글 문서에 좋았던 점, 아쉬운 점 등을 함께 적어갔다. 이런 과정이 스마트폰 하나만 있으면 모두 가능하다는 점이 새삼 마법처럼 느껴졌다. 서울시와 세종

시와 멜버른의 우리들은 각자의 방에서 닿지 않는 곳에 있는 서로에게 우리가 함께한 일에 대해 이야기했다. 문밖의 파티에서 떠들고 있는 멜버른의 친구들보다 한국의 동료들이 더 가깝게 느껴지는 밤이었다.

여름의 방이 생겼다는 것을 알게 된 것도 멜버른에 있던 그날이었다. 원주의 박경리 토지문화관에서 등단 문인이 아니더라도 예술인을 조건으로 창작실 참여 작가를 받는다는 사실을 알게 됐다. 지원서를 쓰면서 나는 될 거라고 확신했다. 내 조건이 좋다거나 해서는 아니다. 나는 지나칠 정도로 사소한 불운이 잦은 삶을 살면서 일종의 보상처럼 아주 가끔씩 찾아오는 역시 사소한 행운을 감지하는 하찮은 능력을 갖추게 됐는데 이 경우가 그런 것이었다. 그냥 될 것 같았다. 그래서 마치 선택권이 있는 사람처럼 신청 거주 기간을 깊이 고민했다. 4월 초에 한국으로 돌아가면 먼저 하남의 부모님 집으로 가서 머물고, 그다음엔 창작실에 있다가 서울에 집을 구한다고 할 때, 5~6월 혹은 6~7월, 7~8월 중 하나를 선택하는 것이 가장 좋을 것 같았다. 선택지 셋 중에 마지막을 택한 것은, 순전히 에어컨 때문이었다. 누구와 어디에 살든 언제나 세 들어 있다는 감각에 에어컨을 마음껏 틀고 살아본 적이 없었으니까 이번 여름만은 그래도 좋지 않을까. 멜버른의 여름 한복판에서 살며 한 번도 가본 적 없는 도시 원주의 여름을 상상했다. 뜨겁고, 시원할 것이라고.

그리고 합격. 집이 생겼다. 내 집이든 남의 집이든 일단 다음 여름의 집은 해결했다. 4개월 뒤 맞이할 여름을 보낼 겨우 두 달짜리 방이었지만, 다시 한국이었지만, 일단 방이 있다는 사실만으로도 묘하게 안심이 됐다.

나는 왜 떠돌아다니는 걸까? 미세먼지 없는 멜버른의 밤하늘을 보면서 생각했다. 하지만 이건 더 이상 고민할 질문이 아닌 것 같았다. 처음에는 선택이 아니었을 수 있겠지만, 이 정도로 반복하고 있다면 그건 선택이다. 물론 첫 책을 내고서 언제든 큰 여행가방 하나에 모든 짐을 집어넣고 원한다면 세계 어디로든 떠날 수 있는 삶을 살겠다고 일간지 인터뷰에서 당당히 말했던 수준은 유지하지 못하고 있다. 무려 제목도 "트렁크에 담을 수 있는 삶이 좋아"였다.

적어도 지금까지는 굳이 이사를 위해 굳이 1.5톤 트럭을 부르지 않아도 될 만큼의 짐만을 짊어지고 있다. 어딘가 한 군데에 뿌리내리고 살아야 하는 이유가 많지 않은 삶을 원한다는 점 또한 여전하다. 인간인데, 식물이 아닌데 왜 뿌리를 내려야 한단 말인가.

문득 어느 날 친구가 했던 말이 떠올랐다.

"너 메뚜기처럼 살고 있는 것 같지 않아?"

"메뚜기?"

"도서관에서 자리 없을 때 빈자리에 잠깐씩 앉아서 공부하는 걸 메뚜기라고 하잖아? 자기 자리가 없어서."

메뚜기라니 잠시 유재석을 생각하고 좀 옛날 사람처럼 느껴진 차였다. 도서관에서 빈자리를 돌아다니는 걸 아직도 메뚜기라고 부를까? 그것도 비슷하게 오래된 말인 것 같아서 비슷한 옛날 사람이 하는 말이겠거니 생각했더라면 좋았겠지만, 내가 살아가는 방식에 대한 이 독특한 비유는 꽤 오래 기억에 남았다.

'자기 자리가 없어서.'

방에서 방으로 짐을 옮길 때마다 나는 친구의 그 말을 곱씹듯 중얼거리곤 했다. 질문했던 친구는 앞에 없었지만 나는 뒤늦게 대답했다. 이 답은 나만 들어도 충분했다.

"자기 자리 같은 게 꼭 있어야 돼?"

만약 내가 자기 자리가 필요하지 않은 사람이라면, 자기 자리보다는 오늘의 방과 오늘의 책상만을 원한다면, 당분간은 뭐, 메뚜기처럼 산대도 괜찮겠지. 대신 이제 내 삶을 걸고 실험하는 일은 그만두자. 실험을 해도 되는 것은 어떤 생리컵이 골든컵, 앞으로 폐경까지 남아 있는 기나긴 시간을 책임져 줄 단 하나의 컵이 될 것인가 정도다.

멜버른에서 지내며 내린 결론은 프리랜서 작가인 나의 경우, 생활비가 보장되는 계약 상황을 미리 만들지 않은 상태에서 거주지를 해외로 바꾸지 않는 게 낫다는 것이었다. 실험의 결과가 '당분간 한국'으로 도출되었으므로 예상보다 산뜻한 마음으로 멜버른에서 돌아왔다.

얼마 지나지 않아 찾아온 여름의 초입, 원주로 짐을 옮겼다. 이번에는 두 달짜리 방이 나를 기다리고 있었다. 의도는 아니었지만 다시는 사람을 안 만나리라는 각오라도 한 것처럼 육군 병장 같은 헤어스타일을 하고, 이왕 그렇게 된 김에 어쩐지 승려들이 입는 법복을 입고, 정말로 트렁크에 딱 두 달 치의 삶만을 담고 떠났다. 기차를 두 번 갈아타고 택시를 타고 한참을 가서야 원주의 토지문화원 창작실에 도착했다. 예상한 것보다 원주 시내와 훨씬 더 떨어져 있었다.

내가 쓰게 될 방문을 여니 정면에 선풍기가 보였다. 느낌이 좋지 않았다. 설마. 에어컨이… 없었다. 사소하고 드문 행운 뒤에 반드시 따라오는 불운 목록에 '토지문화관 창작실 에어컨 없음'을 올려두고, 아직은 산 바람이 흘러 들어와 쾌적한 내 방에서 단 낮잠을 잤다. 며칠 뒤 방 옆으로 찾아올 멧돼지나 한 달 뒤 찾아올 2018년의 기록적인 폭염 같은 건 몰랐으므로 아직 악몽이 아니었다.

어쩌다 하남의 딸

다큐멘터리 〈버블 패밀리〉는 하늘 가장 높은 곳까지 올라
간 서울 잠실 월드타워가 지어지는 현장을 조망하는 장면
으로 시작한다. 영화는 어느 부부가 그 잠실에서 '집 장사'
라고 불린 소규모 부동산 사업으로 어떻게 이 사회가 말
하는 부자로 계층 상승을 순식간에 이뤄냈다가 또 어떻게
IMF를 기점으로 중산층 이하 서민의 자리로 추락하는지,
떨어진 뒤에도 얼마나 오랫동안 부동산으로 계층을 다시
상승 혹은 회복하려는 욕망을 간직하고 살아가는지 클로
즈업한다.

　흥미로운 것은 카메라를 든 감독이 바로 이 부부의 딸
이라는 점이다. 베이비붐 세대의 딸로 태어나 초등학교
저학년까지는 부동산 거품 속에서 공주 같은 안락한 일상
을 누려왔지만, 외환위기와 함께 순식간에 그 거품이 빠
지는 것을 목격하고 아파트 근처 월세 빌라에 살게 되면
서 겨우 골목 몇 개 사이로 계층이 달라지는 것을 경험한

1989년생 밀레니얼 여성.

　마민지 감독은 '우리 가족'을 통해 1970년대부터 현재까지 한국 경제의 상황 그리고 같은 시기, 같은 상황을 완전히 다르게 받아들인 채 살아가는 부모와 자녀 세대를 이야기한다. 딸이 받은 제작비에서 백만 원만 투자하자는 아버지, 어떤 수를 써서든 땅을 사고 거기 건물을 지어 돈을 벌어야 한다고 말하는 어머니, 그들이 살고 있는 월세 빌라의 낡다 못해 닳고 무너진 풍경, 어머니가 재테크나 부동산을 주제로 열리는 박람회에 가서 부동산 관련 영업을 하다 쫓겨나는 장면. 마민지 감독은 도대체 어떤 마음으로 이런 장면들을 찍었을까?

　이 영화를 보러 가게 된 것은 영화 〈국가부도의 날〉이 개봉한 이후 그리고 이 책을 구상하고 써가면서 동시에 계속 IMF를 생각하고 있었기 때문이다. 그 시절의 '아버지'가 아닌 이야기를 우리는 얼마나 많이 봤을까? 그 시절의 중산층, 노동자가 아닌 사람들 이야기는? 그 시절의 여성 노동자들, 여성 자영업자들 이야기는? 그리고 무엇보다 그 시절에 성장한 우리는? 예약된 밝은 미래를 향해 무럭무럭 성장해야 했을 우리 세대는 10대 시절 혹은 유년기에 나라가 망해버린 것을 보고, 그 후 삶의 궤적을 어떻게 재조정했을까?

　2017년 겨울 『IMF 키즈의 생애』를 읽은 뒤 IMF의 그날을 기준으로 내 생애사를 스스로 다시 써보고 싶었다.

어쩌면 그건 그 IMF 외환위기라는 사건이 내가 눈치채기도 전에 한국 사회 속에서 나의 위치를 어떻게 바꾸었는지에 대한 동세대의 기록이 될 수도 있을 것이었다.

우리 세대에게는 우리 세대의 시점에서 가까운 과거를 다시 보는 이야기가 절실하다. 대중문화 콘텐츠로서만이 아니라 어젠다, 이슈로서 이야기를 만드는 사람 대부분이 여전히 40대 이상의 남성이기 때문이다. 〈버블 패밀리〉가 그 일을 먼저 해냈다는 이야기를 듣고 서둘러 극장을 찾아갔다.

"사람 일은 모른다"며 부동산에 집착하는 부모에게 "큰 재앙이 오겠지, 큰 재앙이"라고 답하는 마민지 감독에게서 나를 읽지 않았다면 거짓말이다. 언젠가 개발이 될 거라 믿고 딸 이름으로 땅을 사두었음을 고백하는 어머니의 말에 마민지 감독은 감동하기에 앞서 그럴 돈이 있었으면 학자금 대출 받지 않게 학비로 주지 그랬느냐고 말한다. 그러니까 말이다. 부모들은 대체 왜 그러는 걸까요?

한국장학재단에 따르면 2017년 말 기준 학자금 대출 잔액은 1조 7천억 원이 넘는다. 한국 직업능력개발원에 따르면 2017년 기준으로 부모의 월평균 소득이 3백만 원 미만인 경우 절반 이상은 부모가 학비를 대주지 못하고, 대학생 다섯 명 중 한 명은 학자금 대출을 받는다. 사회초년생 상당수는 학자금 대출이라는 빚을 안고 사회생활을 시작한다. 생활비와 주거비 관련 대출도 지속적으로 증가하는 추세다. 신한은행이 매년 공개하는 '보통사람 금융생활 보고서'의 2019년 핵심 이슈 중 첫 번째는 '2030 사회초년생 대출'이다. 취업하기까지 평균 13개월을 준비해야 하는 상황에서,❖ 소득이 없는 상태를 지속하게 해줄 부모의 지원이 없다면 대출로 이어지는 것은 필연적이다.

마민지 감독은 어떤 의미에서는 학자금 대출 때문에 부모의 집을 떠났다가 학자금 대출 이자 때문에 집으로 돌아온다. 강북에서 강남으로 넘어가는 지하철을 타고, 한국 부동산 욕망의 흐름대로라면 얼핏 제대로 된 방향으로 보이는 그 길을 따라가면서 마민지 감독은 말한다. "내 인생은 끝났어, 이제."

어떻게 그 장면에 서른 직전의 내가 도저히 독립 생활비를 감당하지 못해 이삿짐 트럭 조수석에 타고 아빠와 나란히 서울을 서에서 동으로 가로지르며 한강을 건너고 서울의 경계마저 넘어 경기도 하남시로 돌아가던 길을 겹쳐 보지 않을 수 있었겠는가.

❖ 신한은행(2018), '2018 보통사람 금융생활 보고서'

버블은 그때 저쪽에서,
위기는 지금 우리에게까지

〈버블 패밀리〉의 가족이 살고 있는 잠실에서 쭉 동쪽으로, 올림픽공원을 지나 스산한 산길로 진입해서 이성산성이니 낚시터니 하는 이미 서울이 아닌 걸 알 수 있는 정류장 이름을 들으며 한참 가다 보면 갑자기 나타나는 작은 도시가 하남시다. 내가 초등학교를 다닌 때만 해도 정말로 논밭 천지였던 하남에 아파트가 눈에 띄게 들어서기 시작한 것은 90년대 초반이었다. 나는 당시 새로 생긴 아파트촌의 신설 중학교로 배정이 되었고 겨우 2차선 도로가 만나는 사거리가 중심인 구도심 근처에서부터 중학교까지 걸어서, 가끔은 버스를 타고 통학을 했다.

아파트가 생기기 전까지 하남은 그냥 아주 단순하게 가난한 동네였다. IMF 이전까지는 중산층 이상 수준에서 성장한 마민지 감독과 달리, 나는 버블의 수혜를 받은 적이 없었다고 말할 수 있다. 바로 그 보편의 가난 때문이다. 더 정확히 말한다면 부동산을 애초에 가진 적도 없고 가질 기회도 얻지 못한 부모 아래에서, 비슷한 경제 수준의 사람들이 모여 사는 동네에서 자라났기 때문에 버블의 힘이 미치지 않은 것이다. 단칸방에서 무허가 건축물이나마 방이 두 칸인 집으로 이사하는 것이 변화이고 성장인 동네였다.

IMF가 터지고 나라가 망한다는 소리가 들려온 중학교 시절, 우리 가족은 처음으로 방이 세 칸인 전셋집으로 이사했다. 당시 IMF의 여파를 직접적으로 느끼지 못한 것은 부모님 두 분 다 잘릴 위험이 큰 회사 대신 장사, 소규모 자영업에 종사했다는 것이 가장 큰 이유일 것이다. IMF라는 지진의 진앙은 서울, 중산층을 가장 먼저 가장 강력하게 흔든 것 같았다. 여진은 길었고 지역과 계급에 따라 시차를 두고 천천히 퍼져나갔다. 커다란 진동을 느끼기에는 먼 자리에 자신의 좌표가 놓인 사람들일수록 언제 흔들릴지 몰라 걸음을 내딛기 불안한 땅에 살게 됐다. 나와 나의 가족 역시 그런 사람들이었다.

우리 가족은 이후 두 번 더 이사를 했다. 그 과정에서 파산의 위기를 한 번 넘겼고, 엄마만의 힘으로 이루었기 때문에 당연히 엄마 명의인 집을 샀다. 그 집에서 나는 대학생이 됐다. 생각이 있는 건지 없는 건지 국문학과에 갔고, 어느 날 과제로 소설을 한 편 썼다. 따로 주소가 없어서 8번지인 옆집 다음이라 9번지라고 썼던 무허가 건축물에 살며 연탄을 배달하던 아빠와 그 집 일부를 터서 가게를 만들어 과일을 팔고 분식집까지 시작한 엄마가 등장하는 단편소설이었다. 열아홉 살의 나와 여섯 살인 나의 시점을 오가는 그 소설의 진짜 주인공은 여덟 살의 오빠였다. 오빠는 여름방학에 친척 집에 갔다가 잠실에 지어진지 얼마 되지 않은 롯데월드를 보고 돌아온다. 돌아와서 자신과 가족이 살고 있는 집을 보고는 거지 집이라며 돌을 던진다. 오직 그 장면을 다시 그리기 위해 쓴 소설로 나는 학교 신문에서 주는 문학상을 탔고, 상금을 학비에 보탰다. 소설을 읽은 아빠는 가난한 시절 이야기를 광고해서 뭐 하느냐고 했지만 그때의 나는 학비만 낼 수 있다면 언제의 어떤 이야기든 기꺼이 팔 수 있었다.

그리고 지금의 하남이다. 롯데월드와 가건물, 당시의 잠실과 하남, 조금 멀리 가서 서울과 지방, 지방 대도시와 소도시, 그 경제적 격차를 말 그대로 눈으로 보고 충격에 빠졌던 여덟 살 아이는 이제 마흔을 목전에 두었다. 하남은 더 이상 그 시절의 하남이 아니다. 대학 신입생 때 하남에 산다고 하면 아무도 몰랐기 때문에 '잠실 옆'이거나 '천호동 옆'이라는 식으로 대충 설명하고 말아야 했던 그 하남이 이제는 스타필드의 하남, 미사지구의 하남, 신도시의 하남이 됐다. 최근 2년 사이 인구 7만 명이 급증했고, 시세차익을 남길 수 있는 로또 아파트가 아직 남아 있는 바로 그 하남이다. 몇 십 년 전의 잠실 정도는 아닐지라도 부동산 투자와 아파트로 돈을 벌 수 있는 희망이 남아 있는 수도권의 중요한 도시 중 하나로 하남이 떠오른 것이다.

그사이 나는 한국에서 가장 오래됐다는 팟캐스트에 출연해 하남에 살던 20대 초반 시절에 했던 아르바이트 이야기를 신나게 떠들어댄 바람에 어쩌다 하남의 딸 같은 것이 되어버렸다. 하지만 하남이 3기 신도시로 지정된 것이나 하남을 이상하게 들뜬 분위기로 만들고 있는 투자나 부동산에 관련된 일들은 그 도시에서의 추억마저 빚으로만 느껴지는 내게 그리 큰 의미가 없다. 미사지구에 라이브 음악 카페가 즐비하던 시절, 신도시로 지정된 곳이 모두 논밭이던 시절에 그곳에서 살았다 한들 그게 지금 도대체 무슨 의미가 있겠는가?

그저 내가 아는 것은 예전에는 잠실에서, 지금은 하남에서 누군가는 돈을 벌 테지만 그게 인생의 많은 시간 혹은 전부를 하남에서 산 나와 내 친구들은 아니라는 사실 그리고 나의 조카들은 내가 알던 하남이 아니라 미사에 산다고 말하게 되리라는 것 정도다.

일종의 소속이라고 여겨지는 지역이 사회경제적 변화에 따라 성장하고 예상치 않게 어떤 가능성을 품은 지역으로 변화하고 있다 해도, 변화의 물결에 탑승하는 것만으로 계급 상승을 이루는 일은 이제 불가능하다. 짧게나마 그것이 가능했던 유일한 시절을 경험했거나 자신의 경험이 아닐지라도 그걸 지켜본 사람들만이 오직 그 가능성을 믿고 있는 것처럼 보인다. 전자가 마민지 감독의 아버지 마풍락 씨라면, 후자는 나의 아버지다.

철 모르는 누군가는 하남의 변화를 두고 이렇게 말할 것이다. "옛날에 미사지구 거기 다 논밭이었어!" 그래서 어쩌란 말인가. 그때 땅을 사두었으면 좋았을 것이라는 말은 누구라도 할 수 있다. 무슨 개발이 시작되었다는 양평 어딘가의 땅을 10여 년 전에 사두었으면 큰돈을 벌었을 거라는 말을 아빠가 지금까지도 하고 있는 것처럼. "돈이 어디 있어서?" 그렇게 물으면 마민지 감독의 아버지 마풍락 씨가 그러했듯이 아빠도 "빚이라도 내서" 혹은 "네가 가진 돈으로"라고 답할지도 모른다.

빚을 내서 무엇인가를 사면 그 이상의 돈을 벌 수 있었던 시절은 지나간 지 벌써 오래라고 말해도 그 세대 사람들은 믿지 않을 것이다. 그들이 믿거나 말거나 부동산 광풍에 몸을 맡기면 바람을 타고 오르듯 계층 이동이 가능했던 시대는 애저녁에 끝나버렸다. 1년 새 땅 값이 2백 배 오르던, 마민지 감독의 부모가 1년에 10억을 버는 게 쉬웠던 시절은 지나가버린 것이다. 이제 부동산으로 이득을 보는 사람들도 부동산을 가지고 있는 사람들이며, 아파트 시세차익으로 돈을 벌 수 있는 사람들 역시 애초에 아파트를 분양 받아 구매할 자본이 있는 사람들이다.

그런데도 혹시나 하는 헛된 바람을 슬쩍 품고 3기 신도시 하남 교산지구의 정확한 위치를 찾아보았다. 교산지구는 내 한 달 수입이 11만 원이었던 어느 11월, 내가 달리기를 시작한 덕풍천 부근이었다. 부모님 댁이 있는 동네와는 꽤 가까웠지만 개발의 여파가 미치기에는 또 애매한 거리로 보였다. 부모님이 지금 살고 있는 동네는 오래됐지만 재개발을 하기에는 어중간해서 가까운 지역에 대단지 아파트촌이 생기면 한층 더 낡아 보이는 그런 지역이 될 게 틀림없었다. 마치 〈버블 패밀리〉의 부모님이 살고 있는 잠실 어딘가의 빌라촌처럼 말이다.

하남 출신 친구들이 모인 단체 메신저 창에서도 신도시 선정 얘기가 나왔다. 초품아(초등학교를 품은 아파트)니 몰세권(쇼핑몰이 인접한 아파트)이니 하는 부동산 관련 신조어들을 알려주곤 하는 친구들에게서 신도시로 선정된 지역의 원주민들은 사실상 손해를 보지만 그 주변의 시세는 올라간다는 부동산의 원리를 배웠다. 우리 집에서 그리 멀지 않은 곳에 친정집이 있는 친구가 말했다.

"어쩜 하남에서도 콕 찍어서 개발 안 되는 이런 동네에만 살았을까?"

그러게 말이다 친구야. 애초에 뒷산 절반을 올라가야 하는 오르막 동네에 집을 사서는 안 됐던 것 같다고, 하여간 안 될 놈은 안 된다고 농담처럼 말했지만, 부동산 광풍에 몸을 맡기면 부를 획득할 수 있었던 시기에조차 그 흐름을 타지 못한 사람들, 작은 버블의 감촉과 향기조차도 느낄 수 없었던 이들에게 또 다른 기회가 찾아올 리는 만무하다는 사실을 알고 있었기에 사실 진담이었다.

우리 세대는 마민지 감독의 어머니가 '우리 집 행복'이라고 표현한 그 '계약'의 당사자가 되어 도장을 찍을 가능성이 거의 없다. 애초에 버블의 수혜조차 누리지 못한 사람들이 존재한 것과 마찬가지로, 무언가를 소유하고 그로부터 자본소득을 벌 수 있는 기회가 우리 세대에게 주어질 가능성 역시 처음부터 없었다는 이야기다.

우리는 우리가 가진 무언가가 오르는 것을, 성장하는 것을, 보고 경험한 일이 없다. 오르는 것이라면 대출 금리, 월세, 원천징수 세율, SNS 팔로어 수 정도다. 이 중에서 가장 경제와 상관없어 보이는 SNS 팔로어 수만이 그나마 소득 상승의 가능성과 겨우 붙어 있다니, 정말 놀라운 21세기 아닌가.

성장에 대한 다른 감각

마민지 감독이 집으로 돌아가기 전, 독립해서 살고 있던 집의 책상 앞에는 영화 〈내일을 위한 시간〉 포스터가 붙어 있었다. 다른 영화 포스터도 많았는데 그 포스터가 유난히 기억에 남는다. 2015년 1월 1일에 개봉한 이 프랑스 영화를 올해의 영화로 꼽으며 나는 한 영화 월간지에 이런 평을 남겼다.

누군가는 이 영화를 연대에 대한 영화라고 말했지만, 나는 그렇게 생각하지 않는다. 〈내일을 위한 시간〉은 작은 개인의 연대가 필연적으로 실패한 뒤에도 내일을 향해 걸어가는 다음 발자국에 대한 영화다. 더 나빠질 미

래로, 애써 담담하게. 내게는 2015년과 그 이후에 대한
예언으로 보였다.

작은 개인의 연대에 대해서는 여전히 잘 모르겠다. 하
지만 더 나빠질 내일로 애써 담담하게 걸어가는 다음 발
자국에 대해서라면 〈버블 패밀리〉 속 마민지 감독의 이 내
레이션을 나란히 두어도 좋겠다.

"내가 할 수 있는 것들을 해나가기로 했다."

우리 세대는 겨우 오늘을 산다. 그 오늘이 내일을 위한
시간이 되리라 믿지 않는다. 그런데도 할 수 있는 것들을
해나간다. 올라가고, 성장하고, 나아지지 않아도 내일은
온다는 것을 알고 있기 때문이다. 어떤 면에서 우리는 부
모와 다를 게 없지만, 그들과 달리 우리는 가장 예민하게
세상을 받아들이던 시절에 언제든 무엇이든 무너질 수 있
다는 감각을 배웠다. 누군가 안정된 삶을 찾는다면, 반대
로 누군가 차라리 모험을 한다면, 어떤 것이든 무너질 수
있음을 알기에 반대의 경로라는 믿음에서 그것을 택하는
것이 틀림없다. 그래도, 아니 어쩌면 그래서, 우리는 우리
가 오늘 할 수 있는 것들을 해나간다.

마민지 감독의 부모에게는 끝내 잊지 못할 어떤 찬란
한 시절이 인생에 있었다. 그리고 건물주를 신이라 부르
고 부러워하면서 그 신에게 매달 월세를 내는 우리에겐
애초에 그런 시절이 없었다. 대신 우리에겐 IMF가 찢고

간 가족의 상처 속에서도 밥을 먹고 학교를 가며 몸과 마음을 자라나게 해야 했던 시절이 있었다. 그 흉터를 마음에 새긴 우리들이 각자의 방식으로 오늘을 산다. 위로 올라가는 사다리는 옛날에 치워져 비슷한 자리를 맴돌며 살아가는 이들에게 로또 당첨, 일확천금의 꿈은 어쩌면 지금 있는 자리에서 꿀 수 있는 유일한 꿈일지 모른다.

그런 꿈을 꾸면서도 우리는 부모의 집으로 돌아가 가진 돈으로 남아 있는 빚을 갚고, 월세를 줄일 방법을 강구하고, 오늘을 살아갈 대책을 찾는다. 아직도 과거를 떠나보낼 준비가 안 된 부모의 집으로 돌아간, 여기 서울에서 현재를 살아가는 마민지 감독처럼 말이다. 나라가 망했다던 1997년에도, 전 세계적으로 금융위기가 몰아친 2008년에도, 모든 것이 더 나빠진다고 하더라도 살아가지 않을 수는 없다는 것을 우리는 알고 있었다.

〈버블 패밀리〉를 보는 보며 내내 울고 싶은 기분이었지만 울지는 않았다. 잠깐 위험한 순간이 있었다. 휴대폰으로 문자를 보내는 법을 배운 아버지 마풍락 씨가 틀린 맞춤법으로 딸에게 문자를 보냈을 때였다.

"민지야 최선을 다하는 사람이 되어라."

우리는 지나치게 최선을 다하고 있다. 나는 그게 우리의 문제라고 생각했지만, 어쩌면 그것만이 우리가 할 수 있는 일인지도 모른다.

소셜 네트워크 서비스SNS,
나를 파는 기술

2018년은 푸Pooh 정도로 유명하지 않으면 책을 팔 수 없겠다는 생각이 든 해였다. 특히 에세이를 팔고자 한다면 경쟁자가 푸, 빨간머리 앤, 리락쿠마, 게다가 라이언이기까지 한 시절이었다. 이런 상황에서 책 한 권을 겨우 냈다. 아주 유명하지도 않은 작가 두 사람이 에세이를, 그것도 독립출판으로 낸다는 것은 너무 시대 착오적인 판단은 아니었을까?

2018년 가을, 동료 황효진 에디터와 함께 쓴 책 『둘이 같이 프리랜서』의 텀블벅 펀딩을 시작하고 며칠이 지나도록 후원금이 정말 천천히 오르고 있었기 때문에 든 생각이었다(텀블벅 펀딩은 후원금이 목표액을 넘지 못하면 프로젝트 자체가 무산된다.)

"이대로라면 달성이 어려울 수도 있겠어요."

속으로만 생각했던 말을 꺼내놓자 둘이 함께 살고 있

는 망원동 빌라 거실에 흔치 않은 침묵이 찾아왔다. 대체로 내가 떠들기 때문에 내가 입을 다물면 조용해지고 마는 것이다. 문득 황효진이 물었다.

"도대체 왜 계폭을 했어요?"

그러게. 왜 그랬을까. 나는 대답하지 못한 채로 큰 잘못이라도 저지른 사람처럼 고개를 숙이고 골똘히 생각에 빠졌다. 도대체 왜 SNS가 이토록 중요한 시대에 계폭(계정 삭제 혹은 탈퇴)을 했었단 말인가.

내가 주로 가장 오랫동안 사용해온 SNS는 트위터다. 첫 가입 날짜도 검색하면 바로 알 수 있다. 한 주간지에 트위터 가입 및 사용기를 썼기 때문이다. 그 글은 지금도 언론사 웹페이지에서 볼 수 있다. 그렇게 얼렁뚱땅 가입한 트위터를 오래도 썼다. 몇몇 지인이 지금까지도 팔로어가 많은 파워 트위터리언 덕분인지 그때는 나 역시 적다고 하기는 어려운 정도로 팔로어가 있었다. 적당한 혼잣말과 적당한 대화, 내 기준에서는 적당한 홍보를 하면서 평화롭게 트위터 생활을 해왔다. 온전한 평화라고 하기는 어렵지만 이름을 공개하고 본명으로 활동하는 작가로, 페미니스트로, 페미니스트 관련 프로젝트를 진행하며 트위터 생활을 한 것치고는 사건 사고가 적은 편이었다.

2017년 여름 갑자기 계폭을 해버렸다. 무슨 결심 같은 걸 하고 그런 건 아니었다. 삶의 슬럼프 구간에 찾아온 일종의 변덕이었다. 그지없이 관대한 트위터는 6개월 안에만 돌아오면 그동안의 공백을 휴면으로 처리해 계정을 원래 상태로 되살려준다. 그러나 나는 무슨 이유에서였는지 평소의 변덕스러움을 전혀 발휘하지 않고 6개월 넘게 트위터를 끊었고, 그 결과 내가 쓴 몇 만 트윗과 몇 천 팔로어를 한꺼번에 잃었다. 정말 계정이 폭파된 것이다. 다시 돌아왔을 때는 실명을 기반으로 만들었기 때문에 누군가 가져가지 않은 ID만이 큰 쓸모는 없는 상태로 그대로 남아 있었다. 한국의 모든 윤이나 혹은 유나나 들께 감사드린다.

왜 잃어버린 팔로어가 안타까운가 하면, 결국 다시 홍보와 마케팅 때문이다. 겨우 몇 천 가지고 호들갑이라고 생각할 수도 있겠지만 지금 내 트위터 팔로어는 고작 세 자릿수다. 이 상황에서 내가 한 일을 알리고 내가 만든 무언가를 홍보해서 그걸 퍼뜨리는 일은 사실상 불가능하다. 무엇인가를 만들었다면 그 창작물이 그걸 꼭 보고, 읽고, 쓸 사람들에게 가닿기를 바라는 것은 인지상정이다. 그러려면 더 많은 사람이 창작물의 존재를 알아야만 한다. 그러니 내가 보낸 메시지의 도달률이 어떤지, 그 숫자를 높이려면 뭘 어떻게 해야 하는지 고민할 수밖에 없다. 무언가를 판매하는 사람도 마찬가지다. 만들어서 팔기까지 하려니 정말 환장할 지경이었다.

다른 SNS가 있지 않은가? 이제 인스타그램의 시대 아닌가? 물론 있다. 그러나 사진을 가끔 올리는 정도로만 써온 나의 인스타그램 계정 팔로어는 잃어버린 트위터 팔로어 수의 반의반도 안 된다. 동료는 어땠냐고? 나보다는 훨씬 나은 상황이었지만 그렇다고 홍보에 유리한 정도는 아니었다. 심지어 나는 페이스북도 하지 않는다. 내가 쓴 드라마 〈알 수도 있는 사람〉은 자체 극비 알고리즘으로 친구를 추천해주는 페이스북의 '알 수도 있는 사람' 기능에 대한 이야기다. '알 수도 있는 사람' 목록에 구 남친 이름이 떴던, 내가 실제 겪은 일로부터 드라마는 시작된다. 당신이라면 이제 '알 수도 있는 사람'이 되어버린 구 남친이 여기 있다고 콕 집어 말해주는 SNS를 하고 싶으시겠습니까? 그래서 나는 당연히 페이스북을 이용하지 않는다. 물론 드라마 소재를 제공해준 점은 고맙게 생각하고 있다. 나는 공과 사를 구별하는 타입이다.

여하튼 이 모든 일은 전적으로 나의 잘못이다. 내가 유명 작가가 아닌 탓에 이 모든 일이 벌어졌기 때문이다. SNS를 실제 홍보 효과가 있을 만한 플랫폼으로 사용하고 싶다면 그냥, 애초에 유명한 사람이어야 한다. 아니면 SNS를 통해서 유명해졌어야 한다. 그러나 트위터를 7년 하는 동안 유명해지지 않았다면 앞으로도 그렇게 될 가능성은 거의 없다. '혹시 모른다'는 생각이 마음 한쪽에 아주 조금 남아 있지만, 그렇게 되더라도 그건 미래의 일이니 지금 현실의 고난에 영향을 줄 수는 없다. 그나마 계폭이라도 하지 않았더라면 좋았겠지만… 앗싸, 지인 중 유일하게 팔로어가 10만이 넘는 기자님이 리트윗을 해주셨다! 복 받으실 겁니다. 행복하세요.

모든 것은 팔린다, 우리 자신까지

얼마 전 미용실에서 패션지를 보다가 깜짝 놀랐다. 지면 대부분이 인플루언서influencer에게 할애되어 있었기 때문이다. 특히 패션이나 뷰티 쪽은 모델보다 인플루언서가 훨씬 많은 지면을 차지했다. 평범한 모델의 팔로어 수보다 자신이 그날 입은 옷을 인스타그램에 올리는(#ootd, outfit of the day) 옷 잘 입는 사람의 팔로어 수가 훨씬 많다면, 이제 후자의 옷이 더 잘 팔리고 그의 패션이 더 영향력이 있는 시대다.

셀러브리티 아니면 인플루언서. 둘 중 하나가 아니고서는 돈을 벌 수가 없는 세상이다. 유명하다는 핵심 의미로만 본다면 이 둘 사이의 경계도 모호하다. 인플루언서는 말 그대로 영향력이 있는 사람이고 그의 영향력은 보통 팔로어 수에서 나온다. 그러면 도대체 그 팔로어는 어떻게 늘어난 것일까? 이렇게 시대가 변하기 전에 원래 유명했던 사람, 그러니까 SNS를 하기만 해도 사람들이 팔로우를 해서 그가 올리는 사진 한 장, 글 한 문장을 보고 싶어 하는 경우를 제외하고 말이다.

평범하게 계정을 만들고 SNS를 시작했다가 인플루언서가 된 경우라면 그 팔로어를 얻기 위해 많은 일을 했을 것이다. 이를테면 소통이라든가 소통 같은 것. 아니면 사진을 잘 찍을 수도 있고, 그림을 잘 그릴 수도 있고, 옷을 잘 입을 수도 있고, 요리를 잘하고 그걸 잘 담아낼 수도 있고, 홈트레이닝을 잘할 수도 있고, 그저 그가 존재하는 것만으로도 내 타임라인이 가치가 있는 것으로 느껴질 만큼 멋진 외모를 가졌을 수도 있다. 그리고 그는 또 소통을 할 것이다.

자기 브랜드를 홍보할 만큼의 인플루언서라면 팔로어를 모았다고 끝이 아니다. 중요한 건 유지다. 꾸준히 무언가를 올리고, 소통하고, 관심사를 언급하고, 다양한 사람들과의 친분을 보여주고, 또 홍보하고, 조금 덜 홍보인 것처럼 또 다시 홍보한다. 따라 사고, 따라 하고 싶은 취향과 감각을 보여줘야 한다. 그 모든 것은 각자의 타임라인에서 일대일로 만난 당신과 소통하며 나누고 싶어 한다는 느낌을 줘야 한다.

어마어마한 팔로어 수를 기반으로 새로운 사업을 시작하거나 여러 제안을 받는 인플루언서들 수준까지 갈 필요도 없다. 당장 내 수준으로 창작물을 내는 작가도 꾸준하게 타임라인에 흔적을 남기며 존재감을 드러내지 않으면 당장 얼마 되지 않는 팔로어마저 떨어져나갈 수 있다. SNS를 하지 않는다면 모를까 SNS를 한다면 그리고 직업인으로서의 자신과 SNS의 자아가 분리되어 있지 않다면 더더욱 SNS를 관리해야 한다. 그러지 않으면 나처럼 땅을 치고 후회하는 일이 생길지도 모른다.

'지금 모든 것은 팔린다. 우리 자신까지'라는 제목의 「뉴욕타임스」 칼럼을 읽었을 때는 숙연해지기까지 했다. 이 칼럼은 말한다. "결정되지 않은 어떤 미래에 특정 물건(칼럼을 쓴 사람이 작가인 것을 고려하면 아마도 책일 것이다)을 파는 데 도움이 되리라는 헛된 희망"에서 SNS에서 존재감을 유지해야만 하는 자신의 현실이 바로 밀레니얼의 현실이기도 하다고.❖

프리랜스 이코노미에서 밀레니얼들은 언젠가 자기 자신이 브랜드가 된다는 것을 받아들이고 자기 자신을 팔면서 일해야 하기 때문이다. 타인이 대체하기 어려운 기술이나 뚜렷한 전문성이 없는 유형의 직종에 속해 있다면 어떤 미래는 이미 여기 도착해 있다. SNS로 직장과 일거리를 얻고, 새로운 일의 가능성을 타진하는 것은 밀레니얼 세대에게 완전히 자연스러운 일이 됐다.

그러니 밀레니얼, 특히 밀레니얼 프리랜서들은 SNS에 존재하는 것만으로도 굳이 팔 게 없는 데도 뭔가를 팔고 있는 듯한 미묘한 부담감을 느낄 수밖에 없다. 칼럼에 따

❖ Ruth Whippman, Everything for Sale Now, Even Us, *New York Times*, 2018. 11. 24.

르면 "끝없는 블랙 프라이데이를 위해서 월마트에서 일하는 것" 같은 기분, 그러니까 한국식으로 표현하자면 명절 대목의 이마트에서 알바를 하는 듯한 기분을 영원히 느끼는 것이다. 좀 더 인터넷에 친숙한 세대답게 표현을 해보자. 크리스마스 세일 후에는 새해 맞이 세일, 설날 세일, 재고 정리 세일, 다시 봄맞이 세일, 신상품 세일 등을 끊임없이 이어가면서 세일하지 않을 때 상품을 사면 어쩐지 손해처럼 느껴지는 쇼핑몰의 상품 페이지를 영원히 수정하고 있는 그런 느낌 말이다.

퍼거슨은 이해할 수 없는 것

SNS를 익명의 또 다른 자아가 아닌 자기 자신으로서 사용하거나, 자신이 만든 작업물을 공개하고 그 일과 연결 지을 수 있는 형태로 사용하는 사람이라면 SNS는 양날의 검이다. 팔로어가 많다는 건 홍보에 도움이 될 수 있고 심지어 인플루언서가 될 가능성을 열어주지만 동시에 내가 하는 한 마디, 내가 올리는 사진 한 장이 순식간에 몇만 명에게 퍼진다는 의미이기도 하다. 이 또한 밀레니얼에게는 스트레스다. 팔로어 수가 인기의 척도는 아니라고는 해도 영향력의 척도 정도는 될 수 있고, 어쩌면 또래집단이나 자신의 영향력이 발휘되어야 하는 집단 안에 자기 역량을 증명할 수 있는 유의미한 척도가 될 수도 있다. 팔로어가 많다는 것은 지지자가 많다는 의미가 아님에도 그렇다.

팔로어가 많다는 것이 공통적으로 의미하는 단 하나는 지켜보는 눈이 많다는 것이다. 서로가 서로의 관찰자인 상황에서 말실수는 재빨리 캡처되어 한 장의 이미지로 영원히 박제된다. 과거의 발언에 책임을 질 상황이 생기기도 한다. 유명인에게만 발생하는 상황이 아니다. SNS라는 개인 채널을 가지고 그 안에서 무엇인가를 말하는 자아가 존재하는 이상, 어떤 방식으로든 이 새로운 생태계의 영향을 받는다.

이 채널들에서 얼마나 많은 유명인이 자신의 심연을 무의식 중에 드러내 대중의 환상을 무참히 깨버렸는가. 또 얼마나 많은 유명인이 자신이 과거에 내뱉은 말에 책임져야 했는가. 이는 인터넷으로 연결되어 있는 세계라면 어디에서나 벌어지는 현상이다. 2019년 91회 아카데미 시상식 사회자로 내정되었던 케빈 하트는 과거에 SNS에서 성소수자 혐오 발언을 한 사실이 밝혀지면서 비판을 받다가 자진해서 사퇴했다. 아마도 케빈 하트는 축구팀 맨체스터 유나이티드의 감독을 오래 지낸 알렉스 퍼거슨의 말을 떠올리며 나와는 다른 방식으로 땅을 쳤을 것이다.

"SNS는 인생의 낭비다."

이건 퍼거슨이기에 할 수 있는 말이다. 1941년생이며 세계적인 축구 클럽의 감독으로 생애의 절반을 산 사람이 SNS로 할 수 있는 모든 일을 하는 세대를 어떻게 이해하겠는가. SNS 안에서 자신을 확인받을 필요도 없고, 경기만 끝나면 지겹도록 마이크를 들고 찾아오는 사람들이 있으니 축구 이야기를 할 창구가 없는 것도 아니고, 인터넷 친구가 있을 리도 없는 데다가, 누언가를 필고 또 알릴 필요도 없는 사람이 말이다.

SNS는 낭비가 아니라 인생이다. 이미 우리 세대 대부분의 사람에게는 그렇다. 우리 세대는 SNS를 하는 것이 아니고, SNS로 살고 있다. 그렇기 때문에 밀레니얼은 SNS 안에서 자신의 존재를 확인받는다.

나는 워라밸(일과 삶의 균형)이 일과 일 바깥의 일상을 뚜렷이 구분할 수 있었던 시절에만 일을 한 사람이 만든, 탄생 때부터 낡아 있는 개념이라고 생각한다. 같은 이치로 '진짜 세상은 오프라인에 있다'는 말이나 '온라인에서 어떤 일이 벌어지든 그 세계는 스마트폰만 끄면 사라진다'고 하는 말도 결국 반쪽이다. 스마트폰으로 세상을 보는 세대, 일상이 온라인과 연동된 이들에게 그런 말은 의미가 없다. 세상의 모든 일에 대해서 자신의 언어로 표현하고 의견을 말할 채널을 가지고 있고, 그 채널을 통해 자신을 드러내는 사람들에게 '스마트폰을 끄면 되잖아'라니! 얼마나 태평한 말인지!

개인의 SNS 채널은 개인이 언론과 같은 또 다른 매개를 통하지 않고도 말할 수 있는 스피커가 되어주었고, 자기 표현의 창구가 되어주었지만 동시에 온라인 자아까지 관리해야 하는 숙제를 함께 주었다. 그 안에서 자신의 시장성을 홍보해야 하는 사람들은 특히 더 편집증적이고 초조하고 자기비판적인 인간이 되어간다.

여기 좋은 사례가 있다. 1983년생으로 선배 밀레니얼에 해당하며 10년째 SNS를 이용하고 있는 윤이나 씨의 경우, "결정되지 않은 어떤 미래"에 무엇인가를 만들어 팔게 되리라는 사실을 인지하지 못하고 계정을 지웠다가 그나마의 팔로어도 잃고 땅을 치고 있다. 지금 이 순간에도 집착적으로 그때 내가 왜 그랬는지 후회하고, 그때의 자신을 저주하며, 여전히 더디게 올라가는 펀딩 금액을 초조한 마음으로 새로고침한다. 그리고 다시 한 번 생각한다. 조금만 더 많은 SNS 팔로어가 있었더라면 지금과 다르지 않았을까?

결국 나도 나를 팔아야 하는데…

어느 영화 프로그램의 진행자가 바뀌었다. 정확하게 말하자면 세 명 중 두 명이 하차하고, 한 명이 남아 또 한 명의 새로운 사람과 투톱으로 진행을 하게 되었다. 하차한 두 명 중 한 명은 전문 MC, 또 한 명은 영화 전문 기자다. 그렇다면 두 전문가가 빠지고 살아남은 한 사람의 직업은 무엇이었는가? 바로 유튜버다. 유튜버란 무엇인가? 인플루언서다. 새로 투입된 다른 진행자는 팔로어가 어마어마하게 많은 모델, 인플루언서다. 그러니까 영화 프로그램을 두 명의 인플루언서가 진행하는 셈이다. 진행 전문가와 영화 전문가가 빠진 자리, 인플루언서가 남아 영화 이야기를 한다.

이건 정말 이상한 일이다. 하지만 이 그림이 정말 이상한가? 지금 IPTV로 영화를 보는 사람들에게 그 분야에서 10년 이상 일해온 전문가보다 구독자가 16만 구독인 마블 영화 코멘터리 전문 유튜버, 인스타그램 팔로어 수가 35만인 모델이 훨씬 가깝게 여겨진다면? 온라인상에서 화면을 통해 영화에 대한 이야기를 '파는' 일에 유튜버가 영화 전문 기자보다 더 재능이 있다면? 자본은 당연히 유튜버를 선택한다.

앞서 기술과 전문성을 평가하기가 어려운 분야라면 이런 변화의 속도를 더욱 빨리 체감할 것이라고 했다. 이제는 그 전문성조차도 모호한 단어가 되어가고 있다. 상당수 사람들이 영화 기자보다 유튜버가 전문성이 있다고 믿는 것처럼 보인다. 그냥 유튜버가 더 재미있다고 생각하는 것일 수도 있겠지만, 누군가는 그게 바로 전문성이라고 생각할 수도 있다는 이야기다.

어쩌면 이 시대의 전문성은 전시되고 유명해질 때만

의미 있는 것일지도 모른다. 방송 자본이 허겁지겁 온라인 콘텐츠를 따라 하느라 전파를 쓰고 있는 현실을 비판할 타이밍이 지금은 아니다. 지금 해야 하고, 하고 있는 이야기는 SNS가 직업을 주고, 돈을 벌어다주고, 커리어를 이어갈 수 있게 해주고, SNS의 유명인이 전문가를 대치하는 눈앞의 현실에 대한 것이다. 사실상 온라인과 오프라인의 경계가 희미해졌고, 이제 그 경계가 완전히 지워지는 방향으로 갈 미래에 대한 것이기도 하다.

일의 변화와 관련한 컨퍼런스에 연사로 참여했다가 또 다른 연사가 일하는 방식을 듣고 놀란 적이 있다. 그는 밀레니얼 세대의 대표 스타트업 중 하나를 운영하고 있는 사람이다. 사업과 관련해 고민이 있을 때 해결책을 어떻게 찾느냐는 청중의 질문을 받자 그는 자신이 '멘토'가 될 만하다고 믿는 다양한 업계의 전문가들에게 질문을 던진다고 답했다. 개인적으로나 업무적으로 아는 경우가 아니더라도 페이스북 메신저로 메시지를 보낸다는 것이다.

내가 놀란 이유는 여러 가지가 있지만, 우선 이 답변이 보여주는 가장 분명한 현실은 SNS는 분명하게 실제의 일을 만들어주거나, 일과 사람을 이어주고 있다는 사실이다. 그를 몰랐다고 해도 그의 질문을 받은 전문가는 그의 페이스북 페이지를 통해서, 사업과 관련된 다양한 기사나 자료들의 링크를 통해서 그가 누구이고 어떤 일을 하는지 파악했을 것이며, 이를 기반으로 소통했을 것이다.

밀레니얼이 일하는 아주 많은 분야에서, 이건 이미 자연스러운 일이다. 스타트업 사업의 많은 부분이 SNS를 기반으로 브랜드와 이미지를 팔고 있는 것, 그 브랜드를 소비하는 나를 전시할 수 있는 느낌을 팔고 있는 것도 비슷한 이유다. 그걸 사는 것 역시 같은 메커니즘 안에 있다. 그리고 소비하는 나 역시 어디에선가는 그걸 소비한 나로서 팔릴 것이다. SNS는 셀프 광고판이기도 한 것이다. 내가 하고 있는 일이 무엇인지 전시하고, 기록하고, 그걸 통해 내가 일하는 조직과는 별개로 나 자신을 브랜딩하는 일은 당연한 일이 되었다.

특히 개인을 제대로 보호해주고 안정적인 미래를 보장해줄 직장, 조직이라는 것이 점점 적어지는 상황에서 개인 브랜딩은 커리어의 전환을 위해 필수 요소가 되어가고 있다. 나의 SNS가, 아카이빙된 내 개인의 역사가 포트폴리오가 되고 이력서가 된다. 모두 인플루언서가 될 수는 없고 될 필요도 없지만, 적어도 온라인상에 잘 만들어진 자기 브랜드가 있는 사람이 그렇지 않은 사람보다 모든 면에서 유리한 것은 분명한 사실이다. 그것도 훨씬 더 유리하다.

한때 일하는 여성의 미래에 대해서 "나는 나의 사장님"이 되어야 한다고 이야기했던 영화 전문가가 영화 유튜버에게 자리를 빼앗기는 세상, 자기 브랜드가 다음 커리어를 만들어가는 세상이다. 이런 세상이 오기 전에 유명해지지 않았기에 아무래도 나는 다 틀린 것 같다. 싫증을 잘 느끼는 성격답게 꾸준하게 나의 일을 기록하고 열심히 알리는 데도 빠르게 시들해진 채로 대충 살고 있는데, 모르는 사람들에게 일에 대한 도움을 요청할 만한 변죽도 없고 무엇보다 소통을 싫어한다. 나의 사장님, 인플루언서, 파워 트위터리언 혹은 인스타그래머는커녕 21세기에 걸맞은, 밀레니얼다운, 자기 브랜드 같은 것은 절대로 만들지 못할 최악의 조건이 아닌가.

최근에는 한층 더 좌절했다. 영상 콘텐츠 플랫폼 왓챠에 내가 쓴 드라마가 등록되어 있는데 거기서 "윤이나 작가님이 인스타에 홍보하실 때는 별 생각 없었는데"로 시작하는 후기를 보았기 때문이다. 내 홍보가 그렇게 소용이 없었단 말이야? 나는 지금까지 세일즈에 타고난 재주가 있다고 믿어왔는데, 정작 나를 파는 가장 중요한 일에서는 그 재주가 도무지 발휘되지 않는 것만 같다. 내가 나에게 일거리를 주고 그 일이 소득을 불러오는 구조를 만들고자 이것저것 만들어보지만, 만들어진 무언가를 어떤 방식으로 홍보해서 어떻게 필요한 사람에게 닿게 할 수 있는지를 생각하는 단계에서 언제나 막힌다.

그래서 대체 무엇이 팔리는지를 보고 배워보기로 했다. 밀레니얼이 새로 시작하는 일들은 어떤 것이 있고, 그 중 어떤 것이 잘 팔리고 있는가? 찬찬히 살펴보면 결국 자기 브랜드가 분명한 무언가, 구매자가 자신과 동일시하기

좋거나 가깝다고 생각하는 것, 그리고 직접 체험할 수 있는 것이 팔린다. 밀레니얼이 소비재 대신 체험을, 경험을 구매한다는 것이 이렇게 연결된다. 그래서 나는 무엇을 팔 수 있는가? 적어도 이 책만은 팔고 싶다고 생각해보지만, 거기서 다시 막힌다. 나는 푸가 아닌데? 정말로 푸 정도로 유명하지 않으면 책을 팔 수 없는 걸까?

그건 사실이 아니라는 걸 안다. 작년에도 올해도 좋은 책 중 일부는 분명히 잘 팔렸고, 지금도 잘 팔리고 있다. 하지만 푸였다면 좋고 나쁘고를 떠나 일단 팔 수 있었을 것이다. 일단 파는 것이 부러운지 묻는다면, 당연히 부럽다. 인세 때문이냐고 묻는다면 물론 인세 때문인데, 또 그것만은 아니다. 내가 쓴 책을, 내가 만든 무언가를 정말로 잘, 좀 더 많이 팔아보고 싶기 때문이다. 더 많은 사람에게 내가 하는 말이, 내가 하는 이야기가 가닿았으면 좋겠다.

그러면서도 나는 나 자신을 그렇게까지 팔고 싶지는 않다고, 적어도 덜 팔고 싶다고도 생각한다. 그러는 한편으로 SNS 안에서, 무한한 인터넷 세계에서, 그 영향 아래 글을 쓰고 무엇인가를 만들어내는 창작자로서, 나는 나를 팔지 않고 무엇인가를 파는 것이 거의 불가능해졌으며, 내가 팔고 있는 것이 정확히 무엇인지, 책인지 나인지 책 안의 메시지인지 책을 샀다는 느낌인지를 구분하는 것도 어려워졌다는 것을 안다. 푸가 아닌 이상에야 나 또한 모두와 마찬가지로 나를 팔아야만 한다는 것을. 부지런하게,

영리하게, 가능하다면 새롭게.

세상에, 벌써부터 피곤하다. 그래서 밀레니얼 세대가 번아웃 증후군을 겪는다고 하나 보다. 피곤하다고 자기 홍보를 그만둘 수도, 내가 하고 있는 생각들과 하고 있는 일들을 말과 글로 알리지 않을 수도 없다. 그 수고가 결국 일과 일에 딸려오는 보상으로 내게 돌아올 것이므로. 돌아오지 않는다고 해도, 말과 글로 메시지를 전달하는 일을 하며 살아왔고 앞으로 그렇게 살고 싶은 이 세대 작가의 숙명 같은 거니까. 어쩌면 이 세대의 숙명인지도 모르고. 그러니 나 자신이 됐든 내 영혼이 됐든, 다 타버리기 전까지는 해보는 수밖에.

소유할 수 없는 세대의 경제

오랜 고민이 다시 고개를 들었다. 그건 바로 운전에 대한 것이다. 일흔이 넘은 지금까지도 운전을 업으로 삼고 있는 아빠의 권유로 나는 내 주변 누구보다 빠른 시점에 운전면허증을 땄다. 나는 수능을 보자마자 야간 자율학습에 익숙했던 몸을 그대로 운전면허 연습장으로 옮겼고 한 달 정도만에 한국 나이로 스무 살이 채 되기 전인 열아홉 살의 12월, '1종보통 자동차운전면허증'이라는 또 하나의 신분증을 갖게 되었다.

이후 바로 운전을 했느냐면 그렇지는 않다. 집에 있는 차가 트럭이었기 때문이다. 트럭으로 1종 면허 시험을 치렀으면서 트럭을 몰지 않다니 좀 이상한 일처럼 느껴지지만, 그래도 그렇지 친구들을 만나러 서울에 갈 때 트럭을 몰고 갈 수는 없는 일 아닌가. 지금 생각해보면 꼭 그렇게 안 되는 일은 아닌 것 같지만. 여하튼 그런 사정으로 나의 운전면허증은 신분증으로만 남았다. 이후 두 번이나 갱신의 과정을 거치면서도 운전의 기회는 찾아오지 않았다.

그렇지만 운전에 대한 미련은 계속 남아 있었다. 일단 운전이라는 것은 기술이고, 기술은 언제든 쓰이게 마련이며, 세계 어디서든 쓸 수 있는 기술에 대한 욕망도 나의 역사 속에서는 유구한 것이었기 때문이다. 그리고 운전에 대해서라면 돈을 버는 기술에 앞서 수영처럼 생존 기술로 습득하고 쓸 수 있어야 한다는 생각도 있었다. 인생에 어떤 위급한 순간이 찾아와서 내가 운전대를 잡을 수밖에 없는데 면허만 있고 운전 기술은 모조리 까먹은 내가 브레이크 대신 액셀을 밟는다면 어떤 일이 벌어질까? 다른 사람들 목숨이 내 손에 달렸거나 그냥 내 목숨 하나라도 건져야 할 때 내가 운전을 못한다면? 수영을 배우고 나서 아직 정복하지 못한 운전을 생각할 때마다 뭔가를 끝내지 않은 것 같은 기분이 되곤 했다.

그러나 운전 연수를 받아야겠다고 결심할 때마다 번번이 같은 단계의 질문에서 멈췄다. 지금 나에게는 운전을 할 수 있는 차가 없고 나는 차를 살 뚜렷한 필요성도 느끼지 못하고 있는데 운전 연수를 받아봐야 낭비가 아닐까? 연수를 받는다고 해도 운전할 기회가 별로 없다면 이전과 똑같이 까맣게 잊어버리는 게 아닐까?

공유: 함께 '소유'함

이 질문에서 다음 단계로 나갈 수 있게 된 것은 차량 공유 서비스 때문이었다. 친구가 모는 쏘카나 그린카를 타고 서울 근교를 몇 번 다녀오고 난 뒤 나는 선언했다.

"나는 이제 연수를 받고 공유 차량을 운전할 거야!"

내 말을 들은 지인들이 물었다. 그게 도대체 뭐냐고. 그리 새로운 개념도 아닌 거 같은데 왜 이렇게 매번 설명을 해야 하는지 모르겠다. 나의 지인들도 이제 정보화 교육이 필요한 수준이 된 걸까?

"공유 경제를 이용하려고 좀 해봐. 그러니까 이건 차를 빌리는 건데,"

"그럼 렌터카랑 뭐가 달라?"

그래, 그 질문을 할 거라고 생각했어. 그런데… 뭐가 다르지? 빌리는 것과 공유하는 것의 차이는 뭘까? 공유 오피스나 공유 차량에 대해 설명할 때마다 대여rent와 공유share의 차이를 고민하게 된다. 공유라는 단어를 앞세워 새롭게 생겨나고 있는 서비스들은 정말로 새로운 것일까?

당장 주거 형태만 보더라도 자가가 아니라면 모두 빌린 것, 곧 대여의 형태인 현실에서 주인이 있는 무언가를 잠시 빌린다는 감각은 어느 세대에게나 매우 익숙한 것이다. 공유는 다르다. 빌리는 게 아니라 함께 쓴다는 개념이 아닌가? 그런데 정말 다를까? 예를 들어 고전적인 형태의 사무실 임대업과 서울의 큰 빌딩마다 생겨나고 있는 공유 오피스 사이에는 어떤 본질적인 차이가 있을까?

나는 한 패션지에 체험기를 기고하기 위해 공유 오피스를 방문한 적이 있다. 최근 2년 사이 서울 강북 중심가의 주요한 빌딩들 맨 꼭대기에 심플한 자신들의 로고를 떡하니 올려둔 공유 오피스의 한 지점이었다.

겹겹의 자동문이 열리자, 힙hip의 고장이었다. 인테리어가 심플한 카페처럼 보이기도 하고 호텔 라운지를 연상시키기도 하는 넓은 공간에는 소파와 의자, 커뮤니티 테이블이 뒤섞인 듯 하면서도 나름 질서를 가지고 놓여 있었다. 공간을 채운 사람들은 분주하면서도 여유로워 보였다. 모순된 말이라는 것은 잘 안다. 그렇지만 실제로 그랬다. 바쁜 모습으로 통화를 하고, 맥북(노트북이 아니다)을 빠르게 두드리는 와중에도 공간의 느낌 때문인지 묘하게 여유를 가지고 일하고 있는 것처럼 보였다는 의미다. 사람들의 책상에는 머그나 일회용 플라스틱 컵이 하나씩 놓여 있었다. 그리고 거기엔 로고와 슬로건이 큼지막하게 박혀 있었다.

"좋아하는 일을 하세요Do what you love."

체험 전에 들었던 이런저런 설명보다 인상적인 건 결국 분위기였다. 할 수 있는 한 한껏 일한다는 기분을 낼 수 있게 해주는 그 분위기. 영어로 업무 통화를 하는 사람 옆에는 플라스틱 잔에 종류도 네 가지나 되는 맥주를 따라

마시는 사람 옆에는 진한 커피를 머그에 담아 물처럼 마시고 있는 사람 옆에는, 내가 있다. 평소와 다르지 않은 일을 하면서도 어쩐지 즐겁고 재미있는 일을 하고 있다는 기분을 나도 한껏 낼 수 있을 것만 같았다.

그러니까 공유 오피스가 기존의 사무실 임대업과 무엇이 다른가 하면, 분위기가 다르다는 이야기다. 돈을 내고 공간을 빌려 쓴다는 의미에서 본질은 전혀 다르지 않다는 이야기이기도 하다. 내가 당신의 이름을 불러주었을 때 꽃이 되었듯이, 대여를 공유라고 불렀기 때문에 새로워진 것이다. 말장난처럼 느껴지지만 어쩌면 이 말장난, 좋은 말로 하면 발상의 전환이야말로 다양한 밀레니얼 스타트업의 아이디어이고 출발점인지도 모른다.

차량 공유 서비스도 공유 오피스와 크게 다르지 않다. 렌터카 서비스와 차량 공유 서비스의 차이점은 후자는 더 짧은 시간 동안 빌릴 수 있다는 점, 차를 원래 대여했던 그 자리로 갖다 놓지 않아도 된다는 점, 면대면으로 일을 처리할 필요가 없다는 점 등이 있다. 세 번째 특징은 종종 간과되는데 나는 이 부분이 정말 중요하다고 생각한다. 차의 소유자나 그의 대리인을 직접 대면하지 않음으로써 빌려 쓴다는 감각을 덜 느낄 수 있는 것이다. 그리고 사람을 만나고 소통하는 과정에서 에너지를 소모하지 않아도 된다. 빌리되 빌린다고 말하지 않는 점과 단기 대여가 가능하고 서비스를 종료하기가 쉬운 점, 이용의 편의를 위해 스마트폰 어플리케이션을 사용하는 점은 공유 오피스와 차량 공유 서비스의 공통적인 특징이다. "그러니까 따릉이 같은 건데"라고 말하면 설명은 한층 쉬워질 수 있겠다.

우리 세대는 이 모든 것에 매우 익숙하다. 공간을 공유하고, 차량을 포함한 탈 것을 공유하고, 지식을 공유하며, 여행을 위한 숙소를 공유하다 못해 이제는 사는 집도 공유하니까.

'가졌다'는 감각을 가져보지 못했다

이런 상황이 자연스러워진 이유는 무엇일까? 가장 떠올리기 쉬운 이유는 젊은 세대에게 자본이 주어지지 않는 현실이다. 밀레니얼 세대에게는 자기 공간이 없고, 공간을 획득할 수 있는 자본도 없다. 대신 스마트폰이 있다. 빠르고 편리하게 이용이 가능하고 짧은 시간 동안의 체험도 가능한 서비스가 있다고 할 때 그리고 그 서비스가 공유라는 새로운 감각으로 느껴질 때 우리 세대는 그 경험을 마다하지 않을 것이다. 물건보다 경험을 사고, 소유하기보다 감각하는 세대다. 공유 경제의 서비스들을 이용하는 것에 가성비 계산이 없지는 않겠지만, 오직 그것만이 이유는 아니라는 의미다.

내게 충분한 돈이 있다면 전용 사무실을 임대하거나

작업실을 대여해 나의 공간을 만들려고 할까? 자동차, 자전거를 사서 소유하려고 할까? 공간과 돈이 있다면 정착하고 소유하는 것은 인간의 본능인가? 일단 나는 그렇지 않다. 그래서 운전에 대해서도 똑같은 질문을 던져보고 있다. 나에게 정말로 차가 필요한가? 나는 차를 소유하고 싶은가? 몇몇 지인은 운전에 익숙해지려면 언제 어느 때든 동일한 조건에서 운전할 수 있는 상태에 놓이는 것이 중요하기 때문에 중고차를 구매하는 것이 훨씬 합리적인 선택이라고 주장했다. 당연히 일리 있는 의견이다. 하지만 매매와 소유에는 공간과 자본뿐 아니라 에너지가 사용된다. 그리고 관리의 책임이 뒤따른다. 내게는 보험과 법률, 세금, 기계의 관리 등으로 남겨진 이 책임이 너무 무겁고 복잡하게 느껴진다. 내가 공유 차량을 운전하려고 한다면 가장 귀찮은 절차는 휴대폰 번호를 이용한 본인 인증 정도일 텐데 말이다.

자전거를 더 잘 타보겠다는 욕심이나 더 좋은 장비를 갖고 싶다는 욕구, 일상 생활에서 제약 없이 사용하고 싶다는 욕구가 없다면 따릉이 정기권으로 충분히 만족할 수 있는 것처럼, 꼭 모든 것을 소유할 필요는 없다. 내게는 차도 마찬가지다. 차량 공유 서비스가 자가용을 완전히 대체하기는 어렵겠지만 분명한 대안으로서 존재하며, 이용자 수가 늘어날수록 편의성 역시 늘어날 것이다. 그렇기 때문에 나라는 개인에게 운전이라는 기술을 습득해 공유 차량을 이용한다는 대안은 여전히 매력적인 선택지다.

공간을 줄이는 데 한계가 있고 삶에서 필수적인 주거의 문제에까지 공유 경제의 논리로 접근하는 일은 어떨까? 우리 세대가 거의 가지지 못한 것, 부동산이 문제가 되면 공유의 발상은 상황이 좀 달라진다. 최근 1인 가구와 청년 주거의 새로운 형태로 등장한 셰어하우스가 그렇다. 이미 쪼개고 또 쪼개지면서 청년들의 방이 계속 작아지고 있는 상황에서 방까지 나누어 쓴다면? 그건 부동산 임대업이 돈을 더 많이 받는 방식의 아이디어일까, 다른 경우와 흡사한 공유 경제의 서비스일까?

이미 여러 드라마에 등장하기도 한 만큼 셰어하우스라는 주거 형태는 보편화의 길로 들어서는 과정에 있는 것처럼 보인다. 고시원과 원룸은 이미 포화 상태다. 청년들이 치솟는 월세를 내며 좁디좁은 공간에서 잠만 자느니 차라리 공간을 좀 나눠 쓰더라도 더 넓은 집에서 생활하는 삶을 택하는 것이 이상해 보이지는 않는다.

그러나 최근의 셰어하우스는 개인에게 독방을 제공하고 공용 공간을 공유하는 식이 아니라 여행지의 게스트하우스의 형태로 진화하고 있다. 독방은 사실상 고시원의 구조나 크기와 크게 다르지 않은데 지불하는 비용은 그 세 배가 넘는다. 2인 1실, 4인 1실, 무려 8인까지도 이층 침대를 사용하며 한 방에 거주하는 형태도 있다. 이런 집을 과연 셰어하우스라고 말할 수 있을까? 이런 공간에서 공유되는 것은 지식이나 문화, 취향이 아니라 할 수 있는 한 공유를 지양해야 하는 사생활이다.

시대는 변화하고 있고 1인 가구는 늘고 있다. 각자의 삶의 방식에 따라 셰어하우스나 공유주택, 협동주택을 대안 주거 형태로 제시할 수도 있고 실험할 수도 있다. 그러나 적어도 그 형태가 게스트하우스를 모델로 한 것이어서는 안 된다. 밀레니얼이 노마드적 삶의 양식을 택한 것이 자기 삶에서 손님 되기를 택한 것으로 간주된다면 그건 몹시 위험한 일이다. 주어진 선택지가 인간이 살 수 있는 최소한의 크기에 모든 것을 구겨 넣은 원룸이나 고시원, 그게 아니면 귀마개를 하고 잠들어야 하는 다인실의 방, 이렇게 둘뿐이라면 이건 선택이라고 말할 수 없다.

이런 상황이 증명하는 것은 사회가 여전히 우리 세대의 삶을 그저 임시의 것으로 여기고 있다는 사실뿐이다. 특히 이 사회에 1인 가구의 주거 형태에 대한 고민은 여전히 부족한 것으로 보인다. 4인 정상 가족 기준, 적어도 신혼부부 2인에게 허용되는 아파트로 넘어가지 전까지 젊은 세대가 살 수 있는 집은 어떤 형태여야 하는 것일까? 왜 성인인 이들에게 기숙사나 게스트 하우스 형식의 집이 주어지는 걸까? 그건 이들이 여전히 학생이라는 신분으로부터 취업준비생, 사회초년생 정도로 이어지는 과정에 있다고 할 때 이들의 삶을 여전히 과도기 혹은 유예의 상태로 여기기 때문은 아닐까? 아무리 열심히 일하고 저축하고 절약하며 꼼꼼하게 좋은 소비, 착한 소비로만 가계부를 채워도 우리 세대가 제 힘으로 집을 사는 것은 불가능에 가깝다. 내 집 마련에 앞서 취업부터 어렵고, 취업을 한다고 해도 지속적으로 소득이 늘어나리라는 보장 또한 없다.

이런 상황을 인정하는 것이 최소한의 공간을 당연히 포기해도 된다는 식의 발상으로 옮겨가서는 안 된다. 그리고 그런 전환을 공유 경제라고, 새로운 세대와 시대의 공동체라고 불러서도 안 된다. 딛고 설 기반도 없는데 도움닫기를 하라고 요구하는 세상에서 각자도생하고 있는 우리 세대의 불안이 임시의 잠자리 위에서 악몽처럼 무럭무럭 자랄 수밖에 없다.

주택을 공유하는 게 다 이런 식인 것은 아니라는 사실을 나는 『마흔 이후, 누구와 살 것인가: 세 여자의 유쾌한 실험, 그 10년의 기록』이라는 책에서 배웠다. 이 책은 미국의 세 여성이 같이 살고 있는 협동주택에 대한 내용을 담았다. 혼자 살던 세 여성은 같이 살아보면 어떨까 하는 작은 제안으로부터 함께 살기를 계획했고, 주택 한 채를 구매했다. 그리고 그 집에 관련된 경제적 문제를 정리하고, 공유하게 된 일상에 규칙을 만들고 지키며 함께 살아가고 있다.

내가 이 책에서 배우고 싶었던 것은 가족이나 공동체라는 개념 없이 개인과 개인이 만나 만들어내는 새로운 주거의 방식이었다. 그러나 나는 이들이 살고 있는 집의 규모에서 이미 한국 사회에서 비슷한 방식으로 살기는 어렵다는 결론을 내릴 수밖에 없었다. 세 사람은 3층 집, 총 다섯 개의 방을 나누어 사용한다. 집에 홈오피스가 필요 없는 한 사람을 제외하고 재택 근무가 필요한 일을 하는 나머지 두 사람에게 홈오피스용 방이 하나씩 더 딸려 있고, 욕실도 한 사람이 하나씩 사용한다. 각자 한 대씩 가진 자동차를 위한 주차 공간도 따로 보장되어 있다. 큰 주방, 넉넉한 거실 공간, 정원이 있음은 물론이다.

책을 읽어나가면서 '사무실 대여할 돈이 없어서 집의 차고에서 시작한' 미국적 창업 신화를 들을 때와 똑같은 기분에 사로잡혔다. 감탄하기에 앞서 어리둥절해지고 마는 것이다. 미국 영화나 드라마에서 가난한 집이 등장할 때마다 그 집 거실이 내가 인생의 절반을 살아온 집보다 커서 당황스러울 때의 바로 그 느낌이다. 저희에게 애초에 차고 같은 것이 있겠습니까? 방이 다섯 개고 각자 욕실을 따로 사용할 수 있는 3층 집이라면 다른 방의 하우스메이트에게 연락하기 위해서는 전화를 걸어야 할 것 같은데, 이런 조건이 우리 세대에게 허락되는 경우가 얼마나 있을까? 우리나라의 우리 세대를 위한 셰어하우스는 이층 침대 위 칸에서 뒤척이는 소리에 방해받지 않기 위해 이어플러그를 끼워야 하는 공간인데 말이다.

책 속 인물들은 미국의 베이비붐 세대로 자신들이 속한 세대를 상당히 긍정적인 시선으로 바라본다.

우리 베이비붐 세대는 살면서 지속적으로 마주치는 관습들을 모두 바꿨다. 비단 우리가 속한 집단의 규모뿐만이 아니다. 베이비붐 세대는 인간관계, 가족, 일, 삶을 새로이 정의했다.❖

다들 자기 세대를 비슷하게 포장하고 싶은 욕망이 있어서 그런지 내가 보기에도 이 글의 베이비붐이라는 단어를 밀레니얼로 대체해도 대충 말이 되는 것 같다. 밀레니얼은 인간관계를 온라인으로 확장시켰고, 정상 가족 바깥을 고민하고 또 시도하고 있으며, 전통적인 일과 직업을 벗어나 부정적으로든 긍정적으로든 일과 삶을 새롭게 정의하고 있다.

그렇지만 협동주택이 가능할 정도의 부동산은커녕 매우 협소한 데다가 나눠 써야 하는 방이 주어지고 있는 것이 베이비붐 세대와는 다른 밀레니얼의 현실이다. 우리에게 상상력이 부족한가? 그 상상을 현실로 구현하는 데 지불할 비용이 부족할 뿐이다. 경제 성장의 물결을 타고 원하는 삶의 형식을 실험할 수 있었던 윗세대와 달리 밀레니얼은 결핍 속에서, 때로는 의지에 반하여 변화를 택할 수밖에 없다. 그 안에서 의미를 찾아내고 발견하는 것은

❖ 캐런, 루이즈, 진(2014),『마흔 이후, 누구와 살 것인가』, 안진희 옮김, 심플라이프, 8쪽.

그다음 문제다.

이 책 속의 베이비붐 세대 여성 셋에게는 고정 수입이 들어오는 직업이 있다. 그 돈으로 대출을 갚고도 안정된 경제 수준을 유지하고 있다. 이들과 같은 경제적인 기반 없이는 협동, 나눔, 공동체를 떠올리기가 쉽지 않다. 이들이 집을 구매하고 살림을 합치는 과정에서 함께 만든 규칙들 중 몇 번이고 밑줄을 치고 싶은 부분이 있었다.

"라이프스타일을 하향 조정하지 않는다."

그러나 물적 토대가 없는 상황에서 삶의 질은 아주 쉽게 위태로워지며, 그런 상황에서 우리가 삶의 질을 떨어뜨리지 않는 방향으로 선택을 하기도 매우 어렵다는 점은 분명하다. 우리에게는 일단 소유를 해봤거나 소유할 기회를 얻은 후에 공유라는 선택지가 주어진 것이 아니라, 가진 것이 없으니까 나누어 쓰라는 식으로 공유 주택에 대한 아이디어와 혜택이 주어지고 있는 상황이다.

이런 세대에게 세대의 가난이 만든 풍경들을 공유 경제라는 이름으로, 스타일이라는 말로 포장한 뒤 되파는 사람들은 분명 경계해야 할 필요가 있다. 모든 것을 공유하라는 요청이 들려올 때, 누가 그 말을 하고 있는지를 다시 보아야 하는 이유다.

돈을 내지 않으면 모든 게 사라진답니다

구독 경제 역시 공유 경제와 비슷하다. 소유하는 대신 경험을 하는 방식의 아이디어에서부터 시작되었다. 인터넷이라는 무한에 가까운 우주에는 거의 모든 정보와 자료가 물성 없이 존재한다. 그리고 구독이라는 이름으로 정기적인 비용을 받고 제공하는 플랫폼들의 기반이 되어준다. 나 또한 대부분의 웹 기반 서비스를 월정액 구독으로 사용하고 있다. 영상 콘텐츠 스트리밍 서비스는 넷플릭스의 베이직 요금제(9500원)와 왓챠플레이(4900원)를 사용한다.

음악 서비스는 원래 애플 뮤직을 이용했지만 음악을 다양하게 듣지 않는 편인데 구독료로 매달 8900원을 지불하는 건 합리적이지 않은 것 같아서 음악이 듣고 싶을 때 유튜브에서 찾아 듣기로 했다. 그러나 광고 때문에 바로 답답해져서 다시 국내 음악 스트리밍 서비스로 옮겨 왔다. 현재는 인터넷 간편 결제 서비스 이용의 혜택으로 제공되는 사용권을 받아서 쓰고 있다. 한 달 요금 990원으로 세 달 동안 이용할 수 있는 사용 기간이 끝나면 유튜브 프리미엄에 가입해 광고 없이 영상과 음악 스트리밍 기능을 함께 이용할까 고민 중이다.

사용하는 기기마다 동기화되는 메모·노트 서비스인 베어도 한 달에 1300원을 내고 구독하고 있고, 비슷한 노트 정리 도구 애플리케이션 노션에도 5000원 정도를 내고 있다. 거기다 아이클라우드 서비스와 구글 드라이브 용량 업그레이드 서비스, 소셜커머스 서비스의 빠른 배송을 위한 월 사용료까지 더하면 한 달에 3~4만 원 정도를 구독 서비스에 지불하고 있는 셈이다.

여기까지 정리한 뒤 사실 안심했다. 얼마 전 한 매체에서 에디터가 사용하는 월정액 서비스 금액을 정리했을 때 한 달에 10만 원 정도 쓰고 있다는 기사를 보았기 때문이다. 나 정도면 선방 아닌가. 한정판 영화 DVD 한 장 값으로 이 모든 서비스를 이용할 수 있는 것이다.

구독 서비스는 일단 편리하다. 애플리케이션에서 구독 버튼을 누르는 것만으로 모든 서비스를 즉각 이용할 수 있다. 소비재를 구독하는 방식으로 산다면 매번 번거롭게 새로 주문할 필요 없이 때마다 철마다 집 앞으로 배달이 된다. 그리고 서비스를 종료하는 것 또한 쉽다. 어떤 면에서는 허무할 지경이다. 공유 경제의 소비재들과 마찬가지로 끊는 것이 간편한 것은 이런 서비스들의 장점이자 단점이 된다.

스트리밍 서비스 구독을 정지하는 행위는 눈으로 볼 수 없고 귀로 들을 수 없어서인지 물리적인 끝처럼도 느껴진다. 어제까지는 틀기만 하면 아무 때나 볼 수 있었던 넷플릭스 오리지널 드라마를 볼 수 없고, 왓챠 플레이에서 보다 만 영화의 결말도 알 수 없다. 심지어 나는 내가 쓴 드라마를 왓챠 플레이에서 보기 때문에 구독을 끊으면 온라인으로 내 드라마도 볼 수 없다.

구독의 허무함을 새삼스럽게 느끼게 된 것은 전자책 판매 사이트의 월정액 서비스 구독이 만료되면서였다. 이런 구독 서비스가 초기 멤버를 모으기 위해 제공한 무료 사용 기간에는 책을 꽤 열심히 읽었다. 화제가 된 신간 에세이가 많다는 점이 좋았다. 종이책은 보관할 공간이 없으므로 깊이 고심해서 사기로 결심해놓고, 전자책은 눈에 보이지 않는다고 별 고민 없이 척척 구매하는 바람에 도서비 지출이 도리어 늘어난 터였다. 소설이 별로 없다는 게 마음에 걸리기는 했지만 그래도 가격 대비 괜찮을 것 같았다.

무료 구독 기간이 끝날 때쯤 되자 가계부가 답을 알려주었다. 다른 구독 서비스와 영화, 공연에 지불하는 비용, 책 구입비를 묶어둔 문화비 항목에 내가 거의 월세만큼 비용을 쓰고 있다는 사실을 말이다. 일 때문이라는 평계를 대도 좀 지나치지 않니? 커피 값으로는 꼭 다그치는 가계부가 문화비에는 관대했지만, 내 마음이 너그러워지지 않았다. 역시 가계부는 많은 것을 알고 있다. 월정액 전자책 구독은 그렇게 포기했다.

문제는 내가 글을 쓰다가 글에 인용할 만한 책의 구절을 뒤지면서 벌어졌다. 전자책의 가장 좋은 기능은 바로 하이라이트다. 전자책에 밑줄을 그어두면 책을 다 뒤질 필요 없이 하이라이트 항목만 쭉 살펴보면서 찾으면 된다. 한때 어느 책의 어느 지점에 있는 어떤 문장을 통으로 외우는 크게 쓸모는 없는 재능을 가진 적도 있었으나, 수많은 텍스트가 머릿속에서 뒤죽박죽 되어버리기 전의 일이다. 기록과 검색은 언제나 기억을 보조해주며 나는 가능하다면 새로운 기술을 이용해서 뇌와 연동하고 정리하는 일을 선호하는 사람이다. 그러니 전자책의 하이라이트 기능은 얼마나 유용하겠는가.

문명의 이기를 찬양하며 구절을 찾기 위해 무려 네 개의 전자책 앱을 뒤졌다. 이왕에 말이 나왔으니 말인데, 전자책 앱의 통합은 불가능한 것인가? 지상파 방송국의 연말 시상식처럼? 여하튼 네 개의 전자책 앱에 있는 책 백여 권 중 내가 찾는 책은 없었다. 이상하다? 분명히 종이책을 산 기억이 없는데? 그때서야 그 책을 전자책 구독 서비스로 읽었다는 사실이 기억났다. 구독을 중지한 앱에 들어가보니 당연히 아무것도 없었다. 내가 줄 친 문장들은 내가 구독을 시작해야 다시 살아날 것이었다. 그 책은 내가 가진 것이 아니기 때문이다.

구독은 비용을 지불하는 당사자가 소유할 수 없다는 감각을 기본으로 한다. 다만 팔아야 하기 때문에 소유할 수 없다고 말하지 않고 공유한다고, 구독한다고 표현하는 것이다. 구독은 우리 세대의 할부다. 할부는 일정 기간이 끝나면 소유하게 된다. 반면 구독만 해온 우리에게는 소유의 기회가 주어지지 않는다. 우리는 주인이 될 수는 없다. 언젠가 반납해야 하고, 반납하지 않으려면 영원히 돈을 지불해야 한다. 우리 세대는 이런 식의 지불을 선택할 수밖에 없다.

할부를 하는 이유와 구독의 기본 원리는 동일하다. 목돈이 없기 때문이다. 거기에 기술은 발달했는데 우리의 몫으로 주어진 공간은 작아진 것도 영향을 미친다. 밀레니얼에게 공유 경제가 매력적일 수밖에 없는 이유와 본질적으로 흡사하다.

나는 내가 전자책을 읽게 된 이유를 여러 가지로 포장하는 글을 자주 썼고, 그렇게 포장을 열심히 하는 과정에서 나름의 의미를 찾게 되었다고 여기고 있다. 그러나 근본 원인이 책을 둘 곳이 없기 때문이라는 사실만은 인정하려고 한다. 방을 뺄 때마다 아가씨는 뭐 하는 사람인데 책이 이렇게 많냐는 질문을 받으면서, 부모님 집 작은 방벽 하나를 가득 채운 책의 무덤을 생각하면서, 나는 종이책을 늘리는 일을 그만두기로 결심했다. 내게 주어진 방이 작아 책장이 방에 들어가지 않는 것을 속상해하느니, 책을 줄일 수 있는 짐이라고 생각하는 쪽이 차라리 마음이 편했다. 게다가 나는 자주 이동하는 방식으로 살고 있지 않은가.

책만 덜어내도 나의 가방은 한결 가벼워질 것이다. 비록 전자책을 사놓고 산지도 모른 채로 가상의 서재에 쌓아둘 테지만, 먼지가 쌓이지 않을 그 책들은 나와 어디로든 같이 갈 수 있다. 책을 쓰고 책에서 그리 멀지 않은 일을 하고 있는 국문학과 졸업생이 종이책을 포기하는 일에는 어쩔 수 없이 회한 같은 것이 깃들고 말지만, 그런 쓸데없는 감정에 내줄 마음의 공간도 책을 쌓아둘 방의 공간도 없는 것이 나의 현실이다.

인생마저 빌린 것은 아니니까

다시 말하지만 공간이 없는 것과 세대의 가난이 우리가 공유 경제와 구독 경제의 세계를 살게 된 이유의 전부는 아니다. 우리는 소유할 수 없더라도 체험하고 싶어 하고, 경험하고 싶어 하며, 직접 확인해보고 싶어 한다. 분위기와 가치, 새로운 사람을 만날 기회에 돈을 지불한다. 소유의 욕망은 이전 세대의 것이고 책임지지 않으려고 하거나 편리함을 찾는 태도가 우리 세대의 것이라고 말하는 것은 아니다. 다만 적어도 소유의 기회가 없다면, 그걸 공유하고 구독하며 경험하는 것으로 체화하기 위해 노력한다는 것, 그리고 거기에 가치를 부여하는 것이 우리 세대의 태도라는 것을 분명히 하고 싶다. 공유와 구독의 경제는 이런 태도의 우리 세대와 공생한다.

그러니까 결론을 말하자면 나 역시도 운전을 하고 싶

은 나의 욕구와 차는 구매할 수도 없고 굳이 소유하고 싶지도 않은 현실 사이에서 공유 차량이라는 꽤 그럴듯한 선택지를 찾아냈다는 이야기다.

나는 일단 아주 짧은 시간 동안 나에게 '공유'된 우리 모두의 차의 운전대를 잡고서, 내가 가진 것 중에서 빌리지 않은 것이 무엇이 있는지를 생각해보았다. 내가 운전하고 있는 이 차는 물론이거니와 무엇보다 집부터 나의 것이 아니다. 아마 지금 내 방을 채운 몇 개의 가구와 옷가지, 약간의 책과 식물 정도가 내 소유라고 말할 수 있는 전부일 것이다.

그게 쓸쓸하거나 불안하게 느껴지는지를 자신에게 다시 물어보았다. 아니, 그렇지는 않다. 다만 내 인생의 운전대 정도는 명확하게 내가 잡고 있어야 하지 않을까 하는 생각은 든다.

이 차처럼, 내 인생이라는 자동차마저 빌린 것이라면, 대충 여러 사람과 공유하고 있는 것이라면, 그건 또 어떻게 하지? 또 다른 걱정이 따라오지 않는 것은 아니지만 일단 시동은 예전에 걸었으니 환경 보호을 위해 공회전은 그만하고 어디론가 가보려고 한다. 액셀은 오른쪽, 브레이크는 왼쪽. 지금은 오른쪽을 밟을 타이밍이다.

이게 우리가 서로 만나는 방법

줄임말이나 신조어를 맞히는 일은 언제나 재미있다. 거의 모든 단어를 줄여서 말하는 10대들이 '별 걸 다 줄인다'는 말을 '별다줄'이라고 부른다니, 정말 얼마나 재미있는 일인가. 기성 세대가 된 연예인이 상대적으로 젊은 세대가 주로 온라인에서 사용하는 신조어를 맞히는 퀴즈는 한국 예능의 단골 아이템 중 하나다. 2018년 배우 황정민은 바로 그 신조어 퀴즈 역사상 전무후무한 답을 내놓기도 했다. 영화 〈공작〉을 홍보하는 행사 중에 퀴즈로 '갑분싸'가 무슨 뜻인 것 같냐고 묻자 그는 '갑자기 분뇨를 싸지른다'라는, 누구도 상상해본 적 없을 문장을 만들어낸 것이다. '갑자가 분위기를 싸하게 만든다'라는 원래의 뜻을 해치지 않으면서 훨씬 강렬하고 절대 잊을 수 없는 문장을 생각해내다니, 역시 배우다.

갑분싸의 재해석을 제외하면 최근 들은 줄임말 중에 가장 이상하고 예측 불가능했던 건 '자만추'였다. 황정민의 그것보다 기발한 오답을 만들어낼 수 없으므로 바로 답을 공개하는 게 낫겠다. '자연스러운 만남 추구'라는 뜻이다. 대개 연애 관계에 대해 말할 때 쓰는 표현일 텐데 자연스럽고 자연스럽지 않고를 나누는 기준이 무엇인지 도무지 알 수가 없다. 취미 활동이나 모임을 통해서 만나면 자연스러운 것이고 소개팅이나 선으로 만나면 자연스러운 게 아닌 걸까?

밀레니얼 세대에게 이 기준은 통하지 않는 것 같다. 온라인을 통해 사람을 만나는 것이 마치 범죄의 소굴에 들어가는 선택처럼 여겨지던 PC통신 시절을 적어도 체험은 해본 선배 밀레니얼들에게도 인터넷 세상은 이미 현실과 분리되지 않으며, 온갖 스마트폰 앱을 통해 사람을 만나는 일 역시 자연스러워졌다.

나는 정말 그런 줄로만 알았다. 온라인 데이팅 앱에 대한 이야기를 하다가 친구들에게 데이팅 앱이 무엇인지를 완전히 처음부터 설명해야 하는 상황이 오기 전까지만 해도 말이다.

그래 이게 '자만추'지

"듀오 같은 거야?"

질문이 이렇게 시작되기 때문에 막막하기 짝이 없다.

아니, 꼭 그렇다고 할 수는 없는데, 꼭 그렇지는 않은가 하면 그건 또 아니고…. 대체 이걸 어디서부터 어떻게 설명해야 한단 말인가? 그렇다면 일단 대표적인 데이팅 스마트폰 애플리케이션 틴더Tinder를 설명하는 데서부터 시작하자. 2012년에 미국에서 만들어진 이 앱은 페이스북 계정이나 전화번호로 가입과 로그인이 가능한 소셜 디스커버리 앱이다. 일단 목적은 그 앱 안에서 조건과 취향에 맞는 사람을 발견하는 데 있다. 그래서인지 친구 찾기에 특화된 SNS인 페이스북에 있는 사진과 프로필을 불러올 수 있게 설정되어 있다.

그런데 왜 데이팅 앱이라고 부르느냐고? 일단은 사람과 사람이 만난다고 되어 있지만 사용자 대부분이 틴더를 데이트 상대를 구하는 데 사용하고 있기 때문이다. 가입을 하고 사진을 올리면 이용할 수 있다. 프로필은 써도 되고 안 써도 되는데 자기소개가 대개 그러하듯이 직업이나 취미가 적혀 있는 것이 대부분이다. 조금 다른 부분은 프로필을 써놓은 경우에는 국적을 맨 앞에 적어둔 사용자가 많다는 건데, 틴더가 장소 기반 글로벌 앱이기 때문이다.

사용자들은 자신이 보고 싶은 프로필 상대의 성별과 나이대뿐 아니라 거리까지 지정할 수 있다. 그래서 프로필 이미지에는 이름, 나이와 함께 거리가 공개된다. 지금 화면을 보고 있는 나와의 거리다. 내가 서울 망원동에서 앱을 켠다고 가정하고, 10킬로미터 이내의 프로필만 보기로 설정한다면 6호선 기준 청구역 정도까지의 거리 안에 있는 사용자 중 내가 설정한 성별과 나이대의 프로필만을 보게 되는 것이다. 제주도에서 앱을 켠다면 제주도 안에 있는 사용자의 프로필만 볼 수 있게, 도쿄에 가면 가까운 거리에 있는 사람만 볼 수 있고 보일 수 있도록 자동으로 설정이 된다. 여행자들이나 해외 체류자들도 많이 사용하기 때문에 여러 나라 사람들의 프로필을 볼 수 있다.

그래서 프로필을 보고 무엇을 하느냐고? 스와이프를 한다. 스마트폰 화면을 미는 행위를 하는 것이다. 스마트폰 메인 화면의 페이지를 이쪽저쪽으로 넘기듯이 프로필 사진을 보고 오른쪽 왼쪽으로 민다. 오른쪽은 'like', 왼쪽은 'dislike'다. 한번 왼쪽으로 밀어 넘기면 그 사람을 다시 불러올 기회는 없다. 기회가 없다고 하니까 신중해야 할 것 같지만 이 앱은 그렇게 진지한 생각을 하면서 마주해야 할 무엇이 아니다. 넘어가면 그냥 넘어간 것이다. 왼쪽, 오른쪽으로 넘기다가 질리면 스마트폰을 내버려두게 된다. 그러다 보면 알람이 울린다. 띠리링! 혹은 오른쪽으로 넘기는 순간 알람이 울린다. 띠리링! 매칭이 된 것이다. 상대방도 내 프로필을 보고 오른쪽으로 넘겼다는 의미다. 너도 라이크, 나도 라이크가 된 상황을 매칭이 되었다고 하며 매칭이 된 상대와는 메시지를 주고받을 수 있다.

거기서부터는 각자의 방식대로 사용한다. 건전한 대화를 주고받든지, 어디냐고 묻고 만나든지, 음담패설을 던진 뒤 사라지든지(신고할 수 있다), 더 편한 대화가 가능한 다른 메신저로 옮겨 가든지, 원하는 대로 하면 된다.

이런 직관적이고 간단한 매칭 방식과 즉석 만남이 가능하고 무엇보다 무료라는 점에서 틴더는 폭발적으로 성장했다. 다름 아닌 밀레니얼 세대의 '훅업Hook-up 앱'으로 말이다. 페기 오렌스타인은 『아무도 대답해주지 않은 질문들: 우리에게 필요한 페미니즘 성교육』이라는 책에서 틴더를 정확히 훅업 앱으로 지칭하면서 훅업 문화를 이렇게 설명한다.

훅업이라는 말 자체는 매우 모호하며, 키스에서 오럴섹스, 삽입 성관계에서 항문성교에 이르기까지 다양한 의미로 사용될 수 있다. 더욱 혼란스러운 것은 훅업에도 일회성 훅업, 고정 훅업, 둘만 훅업, '섹스 파트너' 등 여러 가지 유형이 있다는 점이다. 이러한 관계들의 유일한 연결고리는 연결고리가 없다는 점이다. 아니, 더 정확하게 말하자면 아무 조건이 없다는 점이다. 감정이 개입되지 않으며, 양쪽 모두 섹스를 즐기는 그 순간 외에는 아무것도 약속하지 않는다.✤

✤ 페기 오렌스타인(2017), 『아무도 대답해주지 않은 질문들』, 구계원 옮김, 문학동네, 171쪽.

훅업 문화는 친밀한 관계를 유예하고 섹스에 대해 '섹스는 그저 섹스일 뿐 아무것도 아니다'라는 태도를 멋진 것으로 포장한다는 점에서 문제적이지만, 이런 태도는 밀레니얼이 섹스에 대해 가져야 하는 것으로 '여겨지는' 일반적인 태도이기도 하다. 틴더를 비롯한 데이팅 앱에서는 아무 조건이 없는 만남이 가능하기 때문에 섹스에 대한 '조건 없음'의 태도가 더욱 강화되는 면이 있다.

물론 데이팅 앱에서 만났다고 해서 모두 한국에서 '원나잇'으로 지칭하는 '넷플릭스 보고 쉬었다 가는' 유의 섹스로 이어지는 것은 아니다. 매칭이 되었다면 가까운 곳에서 만나 커피나 한잔 마실 수도 있고, 원한다면 데이트를 시작할 수도 있고, 또 원한다면 섹스만 하고 헤어질 수도 있다. 틴더는 그저 온라인에 익숙한 세대에게 온라인의 방식으로 오프라인의 만남을 주선할 뿐이다. 원하지 않는다면 오프라인까지 갈 필요도 없다.

앱이 담당하는 것은 매칭까지다. 대체로 훅업용으로 사용하고 있다고 알려져 있지만, 원칙적으로 매칭 다음부터는 사용자가 원하는 대로다. 수많은 만남 중 전통적인 방식대로 데이트를 하는 경우도 상당수며, 역시 많은 수가 데이팅 앱을 통해 연애를 시작하고 또 결혼에 이르기도 한다.

당연히 친구들에게 이 모든 내용을 설명하지는 않는다. 요새는 설명이 상당히 편해졌기 때문이다.

"왜 요새 광고하는 앱 있잖아. 코인 세탁소에서 빨래 기다리면서 동네 친구 찾는다고 나오는 그거. 그게 친구를 발견한다고는 하는데 뭐 일단 그렇게 말하고 보통 데이트 상대를 찾는 앱인데…."

그러면 본격적인 설명이나 전하려던 소식까지 가지도 않았는데 화들짝 놀라는 리액션과 함께 상대방에게서 다음 질문이 나온다.

"온라인을 어떻게 믿어?"

그러게 말이다. 마음만 먹는다면 가상의 자아를 만들 수도 있고, 거대한 몸집의 조폭이 모니터 너머의 상대와 불법 문자 채팅을 하면서 '오빠 어디 살아? 몇 살?'이라고 묻고, 국정원 직원일지도 모를 누군가가 '나 10대인데 요새 내 동년배들은 다 대통령 싫어한다'고 댓글을 다는 무서운 온라인 세상을 도대체 어떻게 믿는단 말인가?

그러나 우리 세대에게 온라인이란 오프라인의 자아와 뚜렷하게 구분되는 가상 인물을 설정해서 노니는 랜선 속의 새로운 공간이 아니다. 데이팅 앱에서도 마찬가지다. 가수 케이티 페리도 사용한다고 인증한 앱이다. 케이티 페리도 틴더 안에서는 그냥 케이티 페리일 뿐인데 뭘 또 그렇게 대단한 거짓말을 하는 사람을 만나게 될지 나는 잘 모르겠다. 기껏해야 나이를 속이거나, 국적을 속이거나 (물론 이 정도라도 충분히 많은 것을 속이는 것이지만) 속일 수 있는 가능성이 있다는 것을 그저 감안한 채로 사용하는 앱인 것이다.

온라인으로 사니까 온라인으로 만날 뿐

틴더는 2013년 미국 사용자들의 평균 나이가 27세라고 공개했다. 정확히 밀레니얼 세대의 평균 나이다. 반드시 틴더가 아니더라도 밀레니얼은 앞선 세대에 비해 온라인으로 사람을 만나는 것에 큰 거부감이 없다. 다들 정모 정도는 한 번쯤 해보지 않았나요? 스터디그룹 하나를 꾸리더라도 인터넷 커뮤니티에서 사람을 구해온 지 10년도 더 된 세대, 과외 선생님을 구하는 사이트에서 선생님이든 학생이든 둘 다이든 되어본 세대다. 그런 세대가 친구나 데이트 상대를 앱으로 찾는다고 이상하거나 어색할 일은 아니다. 그렇게 만난 사람과 결혼을 했다고 해도 전혀 놀라운 소식이 아니고 말이다.

친구의 지인이 여행에 가서 '혼자 여행 중, 브런치 같이 먹을 사람!'이라는 프로필을 틴더에 올린 뒤 매칭된 상대와 결국 결혼까지 하게 된 이야기를 전해주었을 때, 나는 오히려 이런 생각을 했던 것이다. 세상에, 이런 세상에서도 사람들이 어떻게든 상대를 만나서 평범한 연애를 하고 무려 결혼이라는 걸 여전히 하고 있잖아?

미국의 스탠드업 코미디언 일라이자 슐레싱거는 넷플

릭스 스페셜 〈좀 아는 여자Elder Millennials〉에서 왼손 약지에 낀 약혼반지를 자랑한 뒤에 남편 될 사람을 어떻게 만났는지를 묻는 주변 여성들의 집요한 질문을 과장되게 표현하고는 지친 듯이 내뱉는다.

"전 어떻게 만났는지 말해주고 싶지 않아요. 그건 나쁘지도 창피하지도 않지만, 그냥 쿨하지 않거든요. 우린 데이팅 앱으로 만났어요. 제가 창의성이 부족한 게 아니고 그냥 우리 세대의 결과물이에요. 저는 밀레니얼 세대예요. 이게 우리가 서로 만나는 방법이거든요. 그렇죠?"

그렇다. 1983년생으로 나와 동갑인 이 코미디언은 폴더폰을 사용해보았고, 컴퓨터가 온라인에 접속한 상태가 되면 집에 있는 유선 전화기 수화기를 들었을 때 '뚜뚜뚜' 하는 소리가 들리는 시절을 살아보았다(유선 전화기라는 게 있었다. 모른다면 스마트폰 통화 버튼에 그려진 그림을 보고 상상해보시라.) 온라인으로 알게 된 사람을 만났다가는 범죄의 표적이 될 수 있다는 엄격한 교육을 받은 적도 있지만, 다 지난 세기의 일이다. 엄지와 새끼 손가락만 펴고 전화를 받는 시늉을 하던 시절에서 손바닥을 귀에 대고 스마트폰을 대는 시늉을 하는 시절로 넘어와보니 이제는 알겠다. 그냥 이런 시대가 되어버린 것이다.

그렇다고 해도 많은 사람이 여전히 '자만추'를 원하는 이 시대에 온라인 데이팅 앱이 21세기에 사람을 만나는 방식, 연애를 시작하는 방식 중 하나라고 말해도 되는 것일까? 밀레니얼 세대의 일부가 스마트폰으로 스와이프를 하거나 말거나, 여전히 듀오가 '결혼해듀오' 같은 문구로 지하철 광고판을 도배하고 많은 사람이 이성 연인의 최종 목표는 결혼이라고 믿고 있는 이 나라에서? 틴더의 미담 역시 '온라인으로 만났지만 결국 결혼에 골인했다'로 귀결되고 있지 않은가.

'세상에, 온라인 데이팅 앱이라니!'라고 외칠 한국인 중 많은 수가 싸이월드 쪽지로 말을 건 사람과 만나고, 연애를 해왔을 거라고 생각하면 마음이 편해진다. 어색하고 알 수 없는 것은 틴더라는 미국의 발명품이지 온라인으로 사람을 만나는 것 자체는 아니다. 어쩔 수 없이 그냥 이게 우리 세대의 결과물인 것이다.

자연스러운 만남을 추구하기 때문에 일단은 목적이 책인 독서 모임에 가고, 이런저런 동네 모임을 만드는 세대인데, 그들 중 일부가 온라인 데이팅 앱 좀 이용한다고 해서 그게 무슨 대수란 말인가. 누군가는 숨겨진 고수를 찾는다는 앱에서 피아노를 가르쳐줄 선생님을 찾고, 누군가는 손님이 없는 시간에 와서 커피를 배울 학생을 찾는다. 더 많은 사람이 온라인 기반으로 만남을 갖고 관계를 형성하고 있고, 이는 어색할 일도 부자연스러운 연결도 아니다.

우리는 연결되기를 원한다

이런 일대일 만남은 자연스럽게 모임 문화로 확장된다. 온라인 커뮤니티라면 일찍이 다음 카페가 있었고, 디씨인사이드를 포함한 취미와 선호, 팬덤 중심의 온라인 커뮤니티도 여전히 건재한 상황이다. 네이버가 인터넷인 줄 아는 세대에게는 밴드 모임도 있다. 밀레니얼 세대의 커뮤니티 서비스란 온라인에서 가입, 스와이프, 클릭 등을 해서 모여든 사람들을 실제로 만나게 하고 연결되게 하는 서비스 개념이다. 데이트와 결혼을 목적으로 하는 앱들이 일대일 매칭을 기본으로 한다면, 커뮤니티 서비스는 더 많은 사람이 모이는 것 자체가 중요하다.

커뮤니티의 목적과 커뮤니티에 모여서 하는 일은 각기 다를 수 있지만, 소비재보다 경험에 돈을 지불하는 밀레니얼은 여행을 떠나는 경험을 사듯이 오프라인 커뮤니티를 찾아 만남을 구매한다. 그렇게 독서 모임을 하고, 취미 공유회를 하고, 발표회를 하고, 강연을 듣고, 일과 생활에 대한 고민을 나눈다. 그리고 그런 모임을 가능하게 하는 플랫폼이 커뮤니티 서비스라는 사업이 된다.

트레바리라는 독서 모임 기반의 커뮤니티 서비스에 대해 처음 들었을 때, 나는 커뮤니티 서비스의 개념과 모임이 사업이 될 수 있다는 사실을 이해하기 어려웠다. 책은 그냥 읽으면 되는 것 아닌가? 책을 통해서 사람들이 더 친해져야 할 이유가 있을까? 왜 만나서 책에 대해 토론까지 해야 하는 것일까? 책을 읽는 방법이야 사람마다 다를 수 있으니 이해해보려고 했지만, 독서 모임을 하려고 적지 않은 비용을 지불한다는 부분에서 다시 물음표가 떠올랐다. 장소 빌리고 간식 준비할 돈치고는 너무 큰돈인데? 도대체 왜? '뚜렷한 이유 없이 남의 말에 반대하고 트집을 잡고 있는(이게 순우리말인 '트레바리'의 뜻이다)' 나의 끊임없는 질문들과는 상관없이 사람들은 모였다. 그 돈을 내고, 책을 읽는 시간으로도 모자라 사람들을 만나는 데까지 시간을 쓰면서도 사람들이 모였다.

그리고 나는 깨달았다. 읽고 쓰는 것만큼 대화하고 친해지는 것이 중요하고, 그게 중요하다고 생각하는 사람들은 기꺼이 비용을 지불하고 모임에 참여한다. '만날 수 없어 만나고 싶은데 그런 슬픈 기분'에 젖어 있는 것은 카드캡터 체리만이 아니다. 더 많은 사람을 직접 만나고 싶고, 만나서 대화하고 친해지고 싶고, 독서 습관이든 깊이 있는 대화든 타인의 관점이든 무언가를 배우거나 얻어 갈 수 있다면 좋겠다고 생각하는 사람들은 커뮤니티 서비스를 찾는다. 그리고 그 안에서 어떤 방식으로든 연결되기를 원한다.

이어진다는 의미에서의 네트워크라는 단어를 생각한다면, 온라인의 소셜미디어와 이를 기반으로 형성되는 오프라인 관계들 그리고 커뮤니티 서비스는 본질적으로 다르지 않은 건지도 모른다. 전통적 의미의 가정과 일터, 학교가 더 이상 튼튼한 울타리로 기능하지 않는 시대에 사람들은 더 이상 그 안에서 강한 소속감을 느끼지도 못하며 소속이 같다는 이유로 동질감이나 유대감을 느끼지도 못한다.

그리고 그럴 필요도 없다. 튼튼하지 않은 울타리는 언제든 무너질 수 있다. 발밑이 언제 흔들릴지 모르는 사람들이 개인으로서 더 많은 개인과 연결되기를 바라고, 그 연결되었다는 감각을 통해서 덜 외롭고 덜 불안하기를 바라게 되는 것은 당연한 일이다. 개인의 목적은 다르더라도 성별, 관심사, 취미, 취향 등의 공통점을 가지고 모이는 커뮤니티가 존재한다면, 스와이프할 때와는 다른 방식으로 '아는 사람' 매칭이 가능하다.

친구, 연인, 동료, 동지, 이런 이름을 붙이고 싶은 관계가 그 안에서 탄생할 수도 있을 것이다. 그렇지 않더라도 친해질 수 있을 것이다. 친해지지 않더라도 모임 그 자체에서 얻어가는 게 있을 것이다. 적어도 검증된 커뮤니티 서비스에 가입해 모임에 참여해보는 것이 인스타그램의 아무 계정에나 찾아가 '소통해요'라는 댓글을 다는 것보다는 여러 면에서 낫지 않겠는가.

물론 직접 만나는 시간 이외에도 커뮤니티는 스마트폰 안에 늘 존재한다. 커뮤니티 멤버가 된다는 것은 그 온라인 커뮤니티의 몫에도 돈을 지불한다는 것이다. 더 많은 정보를 숨기거나 알리고, 또 알기 위해서 틴더 사용자 중 일부가 비용을 지불하고 골드 멤버가 되는 것처럼.

그러니 별로 특별할 것도, 자연스럽지 않을 것도 없다. 개인 대 개인으로서든 모임으로서든 연결되고 소통하고 싶은 사람들은 예나 지금이나 존재하고 우리 세대에게는 스마트폰이 있다고 할 때, 우리 세대는 그저 스마트폰을 이용해서 만날 뿐이다. 그런데도 여전히 데이트 상대를 찾기 위해 틴더를 여는 일이 여전히 자연스럽지 않은 것 같다고? 어쩔 수 없다니까요. 저희는 밀레니얼 세대예요. 이게 우리가 만나는 방법이거든요. 그렇죠?

궤도 수정

관상을 본 일이 있다. 무려 한국에서 가장 유명한 관상 만화에 자문한 경력이 있다는 나름 저명한 관상학자에게서였다. 내 관상을 보러 간 건 아니었고, 〈캐롤〉의 배우 케이트 블란쳇을 인터뷰하기에 앞서 일종의 재미 차원에서 관상을 알려주려고 그의 사진을 들고 간 상황이었다. 정면 클로즈업 사진이 여러 장 저장된 아이패드를 넘기며 프리젠테이션을 펼치는 내가 미덥잖은 듯 관상가는 미간을 잔뜩 찌푸리고 사진을 들여다보았다. 미간 주름은 어떻게 보더라도 관상에는 좋지 않을 것 같다는 생각을 하며 내 미간을 눌러보게 될 지경이었다.

"천고天孤의 상이네. 높고, 외롭다!"

말을 하면서 한자를 쓰는 것으로 나의 질문을 원천 봉쇄한 관상가는 여왕의 얼굴이라는 말을 덧붙였다. 그냥 듣고 있으면 그럴싸했지만, 사실 케이트 블란쳇이 우아하고 기품 있게 아름답다는 말을 아주 길게 하는 것이나 마찬가지였다. 높고 외롭다, 일단 배우가 듣는다면 여러 생각을 할 수밖에 없을 말이 나왔으니까 이제 그만 들어도 되겠다 생각할 때쯤 관상가가 말을 딱 멈추더니 나에게 물었다.

"자네는?"

네? 저는 왜요? 딴생각을 하고 있던 게 들킨 느낌이었다. 그러나 관상가는 그 정도로 예민한 사람은 아니었다. 그는 나이가 무척 많았고 말은 더 많았다. 그는 5만 원이라는 금액에 맞는 나머지 상담 시간을 채우기 위해 선심 쓰듯 내 관상을 봐주겠다고 했다. 케이트 블란쳇이 여왕의 얼굴이라는, 사진 세 장만 보면 누구나 할 수 있는 그런 말을 들으려고 5만 원을 낸 것은 아니었으므로 그럼 무슨 말을 하는지 들어나볼까 하는 심정으로 관상가의 얼굴을 정면으로 바라보았다. 어쩐지 증명사진을 찍는 것처럼 입끝이 당기고 미묘하게 부자연스러운 느낌이 들었다.

"재기의 상이네."

"네? 뭐라고요?"

재기라는 단어가 '역량이나 능력 따위를 모아서 다시 일어섬'이라는 첫 번째 사전적 의미가 아니라 반대에 가까운 표현으로 온라인에서 쓰이던 시기였다.

"재주 재才, 재주 기技."

깜짝 놀라기 전에 아까처럼 풀어 써줄 것이지 왜 한 박자 늦게 말해주는지 이해할 수 없었지만, 재주가 있고 재주와 기술로 성공할 것이라는 그럭저럭 좋은 이야기였다. 문제는 그다음이었다.

"결혼은?"

"안 했는데요."

"노처녀구먼."

네? 나는 재기라는 단어를 들었을 때보다 더욱 놀라버리고 말았다. 노처녀라는 단어를 법적으로 써도 되나요? 〈내 이름은 김삼순〉 이후로 사용이 금지된 단어가 아니고요? 그러니까 서른에 결혼을 못하면 하자 있는 물건처럼 취급되던 시대에나 쓰이던 말 아니냔 말이다.

"요새도⋯ 노처녀라는 말을 쓰나요?"

말줄임표 정도의 머뭇거림만이 노인에게 갖춘 내 최소한의 예의였다.

"쓰지 그럼. 스물여덟이 넘으면 관상학적으로는 다 노처녀야."

나의 질문이 마치 아직 하지 '못한' 결혼에 대한 호기심쯤으로 여겨졌는지 그는 내 생년월일까지 받아들고 관상학적으로, 사주로 봤을 때 나의 결혼에 대해, 자녀에 대해, 말년과 성공에 대해 긴 이야기를 늘어놓기 시작했다. 풀이하는 중간중간에는 한국전쟁, 총 맞아 죽은 대통령 시절 등 아주 먼 옛날 당신의 이야기가 툭툭 튀어나왔다. 외로운 건 케이트 블란쳇이 아니라 관상가님 같으십니다만.

그 말을 삼키는 동안 나의 튀어나온 앞 광대와 끝이 동그란 코로 이어지는 세 개의 봉우리, 그러니까 그의 표현에 의하면 삼봉三峯을 근거로 한 나의 중년 운과 내가 낳을 것으로 예정되어 있다는 아들 이야기가 이어졌다. 이건 차라리 한 편의 인생 이야기였다. 아주 지루하고, 뻔하며, 존재하지 않을 인생이라는 게 문제지만.

"인생에는 다 주기가 있는 법이거든."

나름대로 의미를 담아 마무리 지으려는 그의 마지막 말은 마치 전래동화의 끝 같았다. 정해진 주기와 궤도를 따라가지 않으며 징벌이 내려지고, 오직 그 길을 따라 산 사람들에게만 보상이 있었던 시절의 이야기. 지금도 많은 사람은 그 주기라는 것이 정말 있고, 그 주기를 맞추어 살아가야만 행복하다고 믿고 있다. 내 눈썹 모양을 보니 해외에 나갈 운이 있다고 말한 관상가처럼. 그 눈썹은 그린 건데요. 내 미래는 내가 그리는 것이라는 교훈을 주고 싶으셨던 건 아니겠지요?

관상가가 아니더라도 내 결혼에 대한 내 주변, 정확하게는 부모님 주변 사람들의 오지랖을 잘 살펴 듣는 것은 그 말에 영향을 받지 않는다면 의외로 재미있는 일이다.

"결혼은? 안 했어? 그럼 남자는?"

이런 무례한 말은 처음 들으면 당연히 스트레스가 된다. 하지만 저 말에 숨겨진 온갖 편견과 고정관념과 사회 주기에 대한 강박을 찬찬히 보다 보면 흥미로워지는 것이다. 30대 중반의 여자라면 결혼을 했어야 하고, 결혼을 하지 않았다면 결혼할 가능성이 있음을 주장하기 위해 연애를 하고 있어야 하며, 그 상대는 당연히 남자다. 이 질문은 얼마 뒤 다른 질문으로 바뀌었다.

"아이고, 이나야. 결혼은 포기했니?"

이 질문 속에는 사회가 미혼은 받아들여도 당사자가 선택한 비혼은 받아들이지 않는 이유가 숨어 있다. 결혼은 하지 않는 것이 아니라 하지 못하는 것, 그래서 못해서 포기하는 것으로 여겨지는 것이다. 또 얼마 지나지 않아 나는 조카를 데리고 있다가 이런 말을 듣게 된다.

"조카가 뭐가 중요해! 빨리 니 새끼를 낳아야지!"

정말 대단한 문장이 아닌가. 이제 결혼을 뛰어넘어서 출산에 대한 지적이 들어오는 것이다. 왜냐면 상대가 나의 나이를 이제 결혼보다는 출산이 급한 나이로 인식하고 있기 때문이다. 연애와 결혼은 이미 늦었으니 그런 단계 따위 어서 해치우고 제일 급한 출산을 하라는 말을 완벽한 타인에게서 듣자, 나는 차라리 이 현상을 분석하고 싶은 마음이 들기 시작했다.

포기한 게 아니라 안 하는 겁니다

한 인간이 태어나고 죽을 때까지의 생애를 나이에 따라 나눈 것을 생애 주기라고 부른다. 예나 지금이나 많은 사람의 머릿속에는 때에 따라 수행해야 마땅한 일이 주기에 따라 존재한다. 초등학교, 중학교, 고등학교, 대학교, 졸업과 취업, 연애와 결혼, 출산, 다시 출산, 그다음부터는 이 주기를 반복하는 자녀를 지켜보는 것이 사회가 보편으로 여기는 생애 주기. 부모 세대 중 많은 수는 여전히 때맞춰 취업-결혼-출산의 주기로 진입하지 못하는 자녀들이 걱정되어 안절부절못한다. 사회와 개인의 사정이 변화하는 것은 아랑곳하지 않는다. 그러니 내 상황이 바뀐 건 아무것도 없는데도 나이에 따라서 질문이 연애에서 결혼으로, 결혼에서 출산으로 바뀌는 것이다.

나는 누군가 조만간 나에게 출산은 이미 늦었다는 말을 한다거나 재취再娶(재취업이 아니다. 남자가 사별이나 이혼 후 아내를 새로 맞이하는 것이다. 믿기지 않겠지만 이런 말을 잘도 사용하고 있다) 자리를 언급하리라고 예상한다. 진심이다.

마땅한 일을 묻는 게 뭐가 어떠냐며 윗세대가 무례하기 짝이 없는 질문을 던지는 동안, 밀레니얼들은 빠른 속도로 기존의 보편적인 생애 주기의 궤도를 벗어나고 있다. 이 상황에 당황해 윗세대가 일찌감치 붙인 딱지가 바로 삼포세대. 연애, 결혼, 출산을 포기한 세대. 포기 대상에 집과 경력이 붙으면 오포가 되고 숫자는 하염없이 늘어날 수도 있다.

과연 밀레니얼은 이 모든 것을 포기한 걸까? 안정된 일자리도 없고, 종종 10년 이상 감당해야 하는 학자금 대출이 발목을 잡고, 그러니까 가난하기 때문에 이 모든 것을 포기한 걸까? 밀레니얼 세대의 가난은 정해진 값이지만 전부 가난 때문이라고 하면 모든 논의가 납작해진다. 경제적 어려움이라는 현실은 선택이 아니지만, 그런 상황에서도 어떻게 살아야 할지는 선택할 수 있고, 선택할 수 있어야 한다. 선택의 여지가 줄어든 상황인 것이 사실이지만, 여하튼 밀레니얼 중 많은 수는 결혼을 포기한 게 아니라 하지 않기로 선택한다. 특히 여성들이 그렇다.

비혼은 결혼을 유예시킨 상태로서의 미혼을 대체해 결혼을 하지 않겠다는 당사자의 의지를 담아 만들어진 단어다. 관상학적으로 노처녀, 그러니까 결혼 적령기로 일컬어지는 28세 이상의 여성들에게 비혼은 그리 특별한 이슈는 아니다. 단지 좀 덜 말해지고 덜 드러난 이슈일 뿐이다. 한국 전체로 보면 2011년을 기점으로 한 해 혼인 건수는 뚜렷한 하강 곡선을 그린다. 2017년에 이르러서는 2011년의 80퍼센트 정도로 혼인 건수가 줄었다. 자연히 초혼 연령도 올라가서 2015년부터는 여성이 남성보다 두 살 정도 어린 초혼 연령이 여성까지도 30세를 넘었다. 2018년에 이르러 혼인 건수가 더더욱 줄자 언론은 한 해 신혼부부 수가 140만 쌍이 되지 않는 것에 '붕괴'라는 단어를 쓰며 충격을 표한다.

충격받기엔 아직 이르다. 결혼만 안 하는 줄 아는가?

아이는 더 안 낳는다. 사회에 만연한 여성혐오, 어려운 취업으로 인한 청년 세대의 가난, 결혼과 출산을 강요하는 사회 분위기에 대한 반발, 이전 세대와 달리 결혼이 필수 조건이 아니라는 인식 등 여러 이유가 겹친다. 전반적인 비혼, 비출산의 흐름에서도 한국 밀레니얼 세대 여성의 선택은 도드라진다. 살아 있는 인간보다 가부장제의 유령이 여전히 강력하고 공고한 이 사회에서 여성들은 도저히 결혼을 하고 아이를 낳아 기를 수 없다고 판단해 비혼, 비출산을 선택한다.

나 또한 이런 한국 사회의 평범한 비혼 여성이다. 다양한 사람과 다양한 관계를 맺으며 살고 있는데 단 한 사람의 이성과 법적으로 계약해야 하는 혼인이라는 제도를 신뢰하지 않고 그 제도에 묶이고 싶은 생각이 없다. 비혼을 결심한 결정적인 계기 같은 게 있다면 기승전결에 따라 이야기를 만들어 글을 쓰는 게 직업인 나로서도 오죽 좋을까만, 당연히 그런 순간은 없었다.

돌아보면 평범하게 결혼에 무심한 아이였다. 중고등학교 다니던 시절 연애를 시작한 또래 친구들보다 연애라는 관계에 늦게 진입했고, 뻔하디뻔한 "저런 애들이 시집은 일찍 간다"는 말을 늘 듣고 살았다. 친구들에게 그런 말을 들을 때면 "내기할래? 내가 너보다 먼저 결혼하는지 아닌지?"라고 되묻곤 했는데, 진짜 내기를 했다면 한마디 말이 로또가 되어 돌아오는 경험을 했을 텐데 아쉽다.

결혼식에 대한 환상도 없었다. 결혼, 특히 식과 관련한 고정된 형식에 대해서라면 언제나 '뭘 또 그렇게까지'라는 마음이었다. 결혼이라는 제도에 개인적인 기대감이 전혀 없는 점, 그리고 결혼을 삶의 어떤 순서라고 여기는 사회의 요구에 관심이 없었다는 점이 나를 비혼의 상태로 만들었다.

그리고 그에 못지않게 중요하게 작용한 요소는 20대 중반 이후로는 삶의 다음 장에 결혼이 있어야 한다고 생각하지 않는 사람들과 일상의 대부분을 함께할 수 있었다는 점이다. 내 입장에서는 행운이었다. 지금도 행운 속에 살고 있다. 대학 졸업, 취업, 결혼, 출산이라는 기존 루트를 따라가지 않고 각자의 방식으로 일상을 꾸려가는 사람들 사이에서 비혼은 하지 않기 때문에 오히려 더 자연스러운 상태다.

그러니까 '남들 다 하는 결혼을 안 하면 대체 무엇을 하는가?'라는 질문은 애초에 잘못됐다. 결혼을 안 하면 무엇을 하느냐면, 살던 대로 산다. 그리고 앞서 쓴 바와 같이 더 이상 남들이 다 결혼하지 않는다. 그럼에도 한국 사회는 비혼을 선택한 사람들을 생애 주기에 따라 마땅히 진입해야 할 혼인 시장에서 후퇴하거나 포기한 존재로 간주한다. 여전히 이들이 결혼을 유예한 미혼의 상태라고 믿고 이들을 한 사람의 시민으로 간주하지 않으려 한다. 예를 들자면 신혼부부를 중심으로 한 주거 정책이나, 정상 가족 기준으로만 제공되는 복지 혜택 같은 것이 있다.

온전히 1인으로 살아가기를 원하는 이들을 위해 사회가 제공하는 1인분이란 마치 중국집의 세트 음식과 같아서 2인 이상이 아니면 먹을 수 없고, 혼자 제대로 1인분 분량을 먹고자 한다면 세트일 때보다 훨씬 비싼 금액을 지불해야만 한다. 어차피 결혼만 한다면 사회가 바라는 정상 가족에게 주어지는 유무형의 복지와 혜택을 획득할 수 있지 않냐며 결혼 이전의 삶은 미완의 것으로 여긴다. 어엿하게 '독립'한 삶을 그저 '자취'라 여긴다. 결혼 후에야 어른이 된다고 말하는 사람들은 여전히 사회의 다수다.

비혼은 혼자가 아니다

이런 상황에서 비혼 상태의 여성들이 어떤 방식으로 살아왔고, 살아가고 있는지를 이야기하는 것이 중요하다. 그리고 이들에게 주어져야 마땅한 몫을 돌려놓는 것 또한 중요하다(비혼 상태의 남성은 어떻게 하느냐고 묻지 말기를 바란다. 한국 사회는 이미 그들이 불쌍해 어쩔 줄 몰라 하며 40~50대 독거남들을 위한 복지정책을 부지런히 마련하고 있으니 말이다.)

내가 하고 싶고 더 해야 한다고 믿는 이야기는 비혼 여성, 무엇보다 새로 올 비혼 여성에 대한 것이다. 비혼을 선택한 내가 가고 있는 궤도가 그들에게는 이전에 없던 새로운 길, 가볼 만한 길일 것이기 때문이다. 비혼 여성이 혼자 안정되게 안전하게 사는 일, 비혼 여성들이 함께 사는 일, 비혼 여성이 계속 일하며 자신의 영역에서 성장하는 일, 비혼 여성이 한국 사회 안에서 또 밖에서 자신의 일과 삶을 꾸려가는 일, 그 모든 일이 가능하며 그렇게 계속 자신이 자신의 힘으로 딛고 있는 땅을 단단하게 다져갈 수 있다는 것을 보여주고 싶다. 그리고 그 모습을 보여줄 여성들이 많았으면 좋겠다. 이들 스스로 수정한 궤도로 나아간 것이지 튕겨져 나간 것이 아니라고 믿을 수 있도록.

믿기지 않게도 관상학자는 나의 입꼬리를 근거로 내가 2~3년 사이, 적어도 마흔 전에는 아들을 낳을 것이라고, 그 아들로 인해 말년에 외롭지 않을 것이니 복 받았다는 풀이를 건넸다. 세상 어떤 일도 장담을 해서는 안 된다는 소신이 있지만 여기에 대해서만큼은 적극적으로 답하고 싶다.

"그런 미래 안 사요."

적어도 나는 내가 원하는 것이 무엇인지, 원하지 않는 것은 무엇인지 알고 있다. 지금도 여전히 주변 사람들은 결혼하지 않아도 괜찮겠냐고, 불안하지 않냐고 묻는다. 서른 중반이 되어 내가 인생이라는 것에 대해 조금이나마 알게 된 사실은 삶은 대개 불안하다는 것이다. 남편도, 결혼이라는 계약도 내가 가진 불안을 해소해주지 못할 것이다. 내 불안은 사람이 아니라 사회적인 복지 안전망과 경제적 안정으로 해소할 수 있다. 나는 어디가 되었든 내가 살고 싶은 곳에서 살며 일하고 싶고, 그럴 수 있을 만큼 언제나 가벼웠으면 한다. 꼭 누군가와 함께일 필요가 내게는 없다. 걸음을 멈추게 할 긴 계약도, 약정도, 책임져야 할 사람도, 감정도 없다. 한국의 겨울이 싫어서 멜버른으로 떠나 단기 계약 숙소 식탁에서 맥북을 두드리며 글을 쓰고, 공간의 제약을 받지 않고 할 수 있는 일을 하며 오직 나 자신만 책임지는 삶은 비혼주의자의 삶이 아니라 나의 삶이지만, 분명 내가 비혼을 택하지 않았다면 얻기 어려웠을 삶의 방식이다. 그리고 나는 이런 내 삶의 상태에 만족하며, 불안하지만 평화롭다.

결혼하지 않고 주기를 따라 가지 않는 우리가 살던 대로 계속 살아가려면 무엇이 필요할까? 내일도 오늘처럼 살기 위해, 존재하지 않는 남편과 아들이 책임져주지 않을 말년을 위해서 내게 꼭 필요한 것이 있다. 결혼과 출산의 세계로 편입할 생각이 없는 밀레니얼, 사회가 원하는 정상 가족을 꾸릴 생각이 없는 우리에게 지금 당장 필요한 것은 바로 한국 사회가 이성애 부부에게만 부여하고 있는 권리를 나눠 갖는 것이다.

우리는 생활동반자법이 필요하다. 나는 일찍부터 동거가 왜 결혼의 대안이 될 수 없는지, 제도권 안에서 혼인한 사람들만이 얻는 서로에 대한 권리가 어떤 관계로까지 넓어질 수 있을지를 고민해왔다. 그때 이미 나는 앞으로 사랑하는 사람을 만나 같이 살게 된다 해도 결혼은 하지 않을 것 같은데, 그렇다면 이 사회는 나와 내가 사랑하는 사람의 관계를 어떻게 정의하며 또 서로에 대해 어떤 권리를 부여할지가 궁금했던 것이다.

생활동반자법은 밀레니얼들의 삶의 안정을 위해 무엇보다 시급한 이슈 중 하나다. 경제적으로 풍족하지 않은 상황이 반드시 불안과 연동되지 않도록 하는 사회 안전망이다. 사회가 정해둔 주기를 벗어나 삶의 궤도를 수정해 자신의 속도로, 자신이 가고 싶은 길로, 자신이 함께 가고 싶은 이와 가기를 원하는 모든 이에게 필요한 제도다. 저출생에 대한 논의는 이런 우리들이 정상 가족으로 편입하지 않아도 출산과 육아가 가능할 때 다시 시작해볼 수 있을 것이다.

"정말 함께 살고 싶은 사람을 만나면? 그때도 결혼하지 않을 거야?"

사람들은 여전히 내게 묻는다. 생활동반자법이 있었다면 결혼은 포기했느냐는 질문도, 이런 질문도 듣지 않을 텐데. 사람과 사람이 만나서 맺을 수 있는 파트너십의 종류가 지금보다 훨씬 다양하다는 것을 보여줄 수 있었을 텐데. 남편도 아이도 없이 나중에 외롭지 않겠어? 내 관상을 모르는 누군가가 묻는다면 사랑하는 사람이 곁에 있으면 덜 외로울 거라고 자신하는지 반문하고 싶다.

게다가 나는 지금, 사랑하는 사람과 살고 있다. 나 자신 말이다. 그리고 나는 사랑하는 나 자신이 원하는 방식으로 살아가고 있다. 나중에 남편과 아이와 가족이 필요할지 모른다는 말이나 노인이 되었을 때를 염려하는 말들 때문에 지금의 나와 살아가는 것을 포기할 생각은 없다.

비혼을 탄환으로 장전한 페미니즘이라는 총

어느 매체에 비혼에 대한 에세이를 6개월간 연재한 뒤 독자들과 만나는 소규모 모임을 가졌다. 소규모인 것이 무색하게도 주최 측이 정한 제목은 '천하제일 비혼대회-비혼은 좋다'였다. 나는 천하제일이 아닌지라 어쩐지 미안한 마음이 되어 "'비혼은 좋다'보다는 '비혼은 어때?' 정도의 이야기를 해보고 싶어요"라는 말로 모임을 시작했다. 그 자리에서 알게 되었다. 밀레니얼 세대와 Z세대의 교집합이라고 할 수 있는 여성 대학생들에게 비혼은 '결혼 적령기'거나 이미 그때를 지났다고 여겨지는 80년대생들과는 또 다른 방식의 이슈였다.

그들 중 페미니즘을 가장 적극적이고 급진적인 방식으로 받아들인 일부에게 비혼은 총알이다. 한국 사회에서 여성으로 살아가기 위해, 정확하게 말하자면 죽지 않기 위해서 꼭 쥔 그들의 페미니즘 총에는 비연애, 비혼, 비출산이라는 총탄이 장전되어 있다. 단지 비혼에 그치지 않고 남성을 적극적으로 거부하는 삶의 태도로 이어지는 이 총구가 향한 곳에는 한국 사회의 뿌리 깊은 가부장제가 있다. 20대 남성 중에는 권력이 남성을 차별한다고 믿고 스스로 약자라는 확신 속에 살아가며 성평등을 적극적으로 거부하는 이들이 있다. 내가 만난 여성들과 그들이 같은 세대라는 것을 생각하면 이 여성들이 장전된 총을 손에 꼭 쥔 채로 살아가는 것도 조금은 이해할 수 있을 것이다. '어차피 안 될 테니까 포기합니다'가 아니다. '하지 않아도 괜찮을 것 같은데'도 아니다. 적극적이고도 공격적인 '안 해요'다.

나에게 비혼이 궤도를 벗어난 또 다른 삶의 상태 정도라면, 현재 한국 사회에서 비혼은 가부장제를 완강히 거부하는 적극적인 운동으로서도 존재하고 있다. 한국 사회는 이런 태도를 가진 이들과 함께 살아야 한다는 것, 함께 살게 될 것을 잊지 말아야 한다. 나 역시 잊지 않을 것이다.

언젠가 내가 스스로를 사랑하는 만큼 혹은 그 이상으로 사랑하는 타인이 생기고 또 그와 함께 살아가고 싶어지는 날이 올지도 모른다. 물론 그때에도 결혼이라는 계약으로 세트로 묶이지는 않고 싶다. 살고, 떠나고, 사랑하고, 이별하고, 만나고, 멀어지는 그 모든 관계를 나라는 개인과 너라는 개인이 만나 어떤 강제력도 없는 상태에서 자연스럽게 지나고 또 견디고 싶다. 외롭다는 이유로 사람을, 반려동물을, 연애를, 누군가와 함께 살기를 택하지 않을 것. 그들과 함께 살고 싶고, 그들과 함께 살아야 할 이유가 있다고 생각할 때에야 비로소 물리적인 공간을 나눌 것. 이것이 나의 원칙이다.

누군가는 또 웃기지 마라, 저런 애가 꼭 엄청 요란하게 결혼하더라 말할 수도 있겠다. 이번이야말로 내기해도 좋다. 이번 내기는 판돈에 이자도 매겨 반드시 기억하고 있을 테니, 20년 뒤에 로또로 찾아오길 기다리겠다. 그 돈은 내가 내 우주의 궤도를 원하는 때, 원하는 방식으로 수정하며, 내가 가고 싶은 길을 찾아 삶이 어두울 때마다 가는 방향을 더듬어가는 데 쓰려고 한다.

우리 모두가 프랑스 대표팀이 될 수 없다면

2018년 여름은 나에게 굉장히 중요한 시기였다. 인생의 중대사라든가 커리어의 전환 같은 것이 이때 일어난 건 아니었다. 그저 월드컵이 있었을 뿐이다. 해외 축구 팬에게 월드컵이 그 정도로 중요한 행사인가 하면 꼭 그렇지는 않다. 특히 유럽 축구 클럽 팀의 팬이 되면서부터는 월드컵은 유럽 챔피언스리그 결승보다도 덜 중요한 일이 되었다. 월드컵은 나에게 국가 대항전이라기보다는 '우리 팀'에 어떤 영향을 미칠지 추측하는 이벤트에 가깝다. 우리 팀 선수 중 몇 명 정도가 출전하는가(챔피언스리그 8강 탈락이 '이변'으로 받아들여지는 클럽의 선수들이라면 월드컵에도 대부분 출전한다), 여름에 푹 쉬지 못하고 월드컵에서 여러 경기를 뛰면 다음 시즌에 악영향이 있지 않을까(유럽 프로 축구 리그는 가을부터 이듬해 봄까지 열리고 여름이 휴식과 훈련 기간이다), 우리 팀 선수가 많은 국가가 우승을 하면 선수들 사기에 좋은 영향을 끼치지 않을까(내가 응원하는 FC바르셀로나의 경우는 스페인이다) 등등.

언제나 예외적인 문제는 아르헨티나였다. 국가대표 축구팀으로서 아르헨티나는 어떤 팀인가. 그건 내게 별로 중요하지 않다. 내게 중요한 것은 아르헨티나가 리오넬 메시의 조국이라는 바꿀 수 없는 현실뿐이다. 언젠가부터 월드컵은 클럽 축구에서는 더 이상 올라갈 데가 없는 리오넬 메시라는 선수가 월드컵 트로피마저 들어올릴 수 있는가 없는가를 구경하는 세계적인 행사가 되었다. 2014년 브라질 월드컵 결승전에서 아르헨티나가 독일에 패한 뒤 준우승팀 주장 메시가 월드컵 트로피를 바라보고 있는 사진은 그해 월드프레스포토가 선정한 스포츠 부문 올해의 사진이었다. 세계 최고의 선수가 국가대표팀으로 돌아가 겪는 고난은 세계의 축구 팬들이 지켜보는 비극의 드라마로 매년 소비됐다.

그러니 메시의 데뷔 시절부터 그를 지켜본 팬인 내게 2018년 러시아 월드컵이 중요했을 수밖에. 그해에 만으로 서른한 살이 된 메시에게 러시아 월드컵은 현실적으로 마지막 월드컵이 될 가능성이 높았다. 쓸데없이 비장해지는 일만은 최대한 피하며 살아가려 하고 있지만, 10년이 훌쩍 넘어가는 팬심 앞에서는 어쩔 수 없었다. 승패를 받아들이는 단단한 심장을 갖기 위해 나는 아르헨티나가 경기를 하는 날마다 메시의 생일에 맞춰 6.24킬로미터씩 달리기까지 했다.

이런 나의 비장한 노력과 지금까지 서술한 이 모든 과정이 부질없게도, 메시의 아르헨티나는 겨우겨우 조별리그를 통과한 뒤, 16강에서 바로 실력에 걸맞게 탈락했다. 많은 언론이 세대 교체 실패를 패인으로 꼽았다. 아르헨티나 선수들의 평균 나이는 메시의 나이와 비슷한 30세 이상이었다. 출전 국가 중 평균 나이가 가장 많은 축에 속했다. 축구는 신체 능력이 결정적인 영향을 미치는 스포츠다. 서른이 넘은 나이, 그 숫자는 세대 교체에 실패했다는 증거였다. 아르헨티나뿐만 아니라 러시아에서 네임밸류에 비해 형편없는 경기력을 보인 팀들은 모두 같은 문제를 안고 있었다. 2010년의 무적 함대를 보수도 없이 끌고 나온 스페인도, 한국을 멕시코의 동맹국으로 만들어버린 기적 같은 패배의 주인공 독일도 마찬가지였다. 세대 교체가 없으면, 실패한다. 그 팀에 신이 있어도 안 된다.

세대 교체가 필요해

한국도 세대 교체가 안 되고 있는 팀인 것은 아닐까? 한국 축구 국가대표팀 말고 국가로서 대한민국 말이다. 나라 전체로 본다면 2017년을 기점으로 만 65세 이상 노년층 비율 14퍼센트 이상을 기록하면서 고령사회로 진입한 상태를 의미한다고 말할 수도 있겠다.

나는 조금 다르게 본다. 한국의 진짜 문제는 나이가 든 사람이 많아지고 출산율이 줄어드는 것 그 자체가 아니다. 인구 구성이 변화하고 일과 직업에 대한 관점이 바뀌고 있는 와중에도 어떤 분야에서도 제대로 세대 교체가 되지 않는 것이 진짜 문제다.

한국이라는 나라에서 신체 노화가 프로로서 일을 하는 데 결정적인 영향을 미치는 직종을 제외하면, 대부분의 분야에서 현역으로 일하는 세대와 성별은 명확하다. 바로 40대 이상 남성이다. 이 상황을 축구로 비유한다면 이들은 20년 전부터 게임에 출전할 기회를 얻은 뒤, 15년 전쯤부터는 선발 출전 선수 명단에 계속 이름을 올리는 수준이 되었고, 그때부터 지금까지 계속해서 현역으로 뛰고 있다. 경제 성장이 멈추면서 정체가 오래 지속되자 한국 사회는 아예 이들만의 리그가 되었다. 그만큼 세대 교체는 요원한 일이 됐다.

이러한 특징은 한국의 대중매체, 특히 가장 느리게 변화하는 매체가 되어버린 TV만 봐도 눈에 띄게 드러난다. 지금 한국 예능 프로그램은 40대 중년 남성들이 주인공이다. 강산이 두 번 변하는 동안에도 TV만 틀면 볼 수 있는 이들의 얼굴은 변하지 않았다. TV 드라마 속 남자 주인공의 나이는 계속 올라가고 있다. 어느 세대든 이야기의 주인공은 될 수 있는 것이므로 주인공의 고령화 자체를 두고 문제 삼을 수는 없다. 그러나 이들의 로맨스의 상대역으로 등장하는 여자 주인공의 나이는 계속해서 어려진다면 그건 문제다. 두 성별 사이의 나이 차이는 남성들만의 고령화의 욕망이 의미하는 바가 무엇인지 명확하게 가리키고 있다. 이러한 현상은 방송 프로그램을 제작하는 방송국과 제작사의 결정권자가 중년의 남성인 것과 무관하지 않을 것이다.

언론 지면까지 가진 이들은 분명 비하의 의미가 담긴 '아재'라는 단어에 무려 '파탈'이라는, 매혹을 의미하는 접미어를 붙여 신조어를 탄생시켰다. '아재 감성'은 촌스럽지만 귀여운 느낌으로 포장되어 대중문화의 중심에 섰고, 그 감성을 담은 프로그램이 만들어졌다. 그들은 리더가 되고, 진행자가 되고, 로맨스와 모험과 추억담의 주인공이 됐다. 이 얼토당토않은 포장이 어떻게 중년 이상 남성들에게 필요 이상의 용기를 심어줬는지 우리는 안다. 아저씨라는 단어에 온갖 의미를 부여하다 못해, 젊음마저 청년들이 아닌 자신들의 것인 양 '영포티'라는 단어를 만들어내며 애써 청춘인 척 살아가는 동안, 그 아랫세대, 특히 20대들은 TV에서 자취를 감췄다.

한국 대중문화에서 새로운 세대가 등장하고 있는 유일한 분야는 케이팝이다. 그러나 이들이 등장하는 일에도 40대 남성의 권력이 당연한 것처럼 개입한다. 「아이즈ize」 편집장 강명석은 'TV 속에는 왜 청춘이 없을까'라는 글에서 이를 명확하게 지적한다.

요즘 20대 출연자를 가장 많이 볼 수 있는 프로그램은 서바이벌 오디션 프로그램이다. 그들은 공손한 자세로 심사위원 또는 트레이너의 평을 경청한다. 〈믹스나인〉에선 YG엔터테인먼트의 오너 양현석이 20대 걸그룹 멤버에게 나이가 많지 않냐고도 말했다. 20대 출연자가 절대 다수인 프로그램이지만 주인공은 40대 남자고, 그는 데뷔를 미끼로 마음껏 권력을 행사한다. 그 약속마저 지키지 않았지만. 이 과정에서 20대의 삶과 고민은 TV 안으로 들어오지 않는다.✦

TV 속으로도, 본격적으로 일하는 경제 주체가 되는 길로도 진입할 수 없는 청년들이 고군분투하는 동안 청년들에게 건네지는 것은 자리가 아닌 위로다. 김난도의 책 『아프니까 청춘이다』에는 인생을 24시간에 비유하는 내용이 있다. 평균수명을 80세라고 하고 하루 24시간에 대입을 해보면, 24세는 아침 7시 12분에 해당한다. 늦었다고 생각하지 마세요. 너무 서두르지도 마세요. 당신은 이제 겨우 일어났을 뿐이고, 아직 이른 아침이고, 지금 준비한다고 해도 아침형 인간다운 긴 하루를 보낼 수 있어요!

얼핏 맞는 말 같다. 그래, 실패할까 봐, 무엇인가를 이루지 못할까 봐 우리가 너무 조급해하고 있구나. 이제 겨

✦ 강명석, 'TV 속에는 왜 청춘이 없을까', 「GQ」 2018년 8월호

우 아침일 뿐이니 찬찬히 준비해서 멋진 하루, 아니 멋진 인생을 살아보자!

그렇지만 조금만 생각해봐도 이 비유는 이상하다. 이 기준을 따르면 탄생이 자정인 것인데, 나처럼 야행성 마감 노동자가 아닌 다음에야 누가 하루를 자정에 시작한단 말인가? 유년기와 청소년기는 해가 뜬 뒤, 곧 어른이 된 뒤에 진짜 인생을 살아가기 위한 준비 시간일 뿐이므로 암흑 속을 헤매든 말든 상관없다는 것인가? 대학 입시를 준비할 때가 해 뜨기 직전의 가장 어두운 시간인 것은 어른이 된 이후의 인생에만 의미 부여를 하다가 얼떨결에 의도가 맞아 떨어진 것처럼 느껴지기까지 한다. 윗세대는 이런 방식으로 가진 게 없고 불안하게 느껴진다 해도 아직 젊기 때문에 어쩔 수 없다는 식의 위안을 다음 세대에게 전한다. 이 시선 아래에서 20대는 청춘이기보다는 여전히 윗세대의 조언이 필요하고 미성숙한 어른-아이일 뿐이다. 어른이 되기 위해 천 번을 흔들리려면 아직 멀었다, 이 말이다.

20대에 이미 자신의 분야인 가요계 최고 자리에 올랐고 40대인 현재는 한국에서 손에 꼽히는 기획사의 대표인 사람이 20대로 돌아갈 수만 있다면 자신이 가진 부와 명예 모두를 버리고 젊음을 택하겠다고 말한 적이 있다. 자기가 20대였던 때에 획득한 것에 대해서 말하지 않고, 그저 젊음은 젊음인 그대로 좋고 가치 있는 것이라고 하는 말이 현실의 20대들에게 어떤 의미가 될 수 있을까? 돌아갈 수 없기 때문에, 그들의 20대 시절은 현재 20대들이 겪는 현실과 조금도 같지 않았기 때문에, 이건 차라리 동정이 아닌가 싶을 정도다. 동정이라면 역시, 돈으로 주기를 바란다. 그게 아니라면 세대 교체를 해봅시다. 현역으로 좀 뛰게 해주세요. 물론 20대에게 사회 생활 데뷔의 권한을 주는 것도 40대 이상의 몫이다.

한국의 TV는 실패할 기회조차도 40대 남성에게만 허락된 공간이다. 그들은 과거의 잘못, 범죄를 가장 쉽게 용서받고 기회를 얻는다. 일과 직업의 전환 역시 이들에게만 허락된다. 그 2002년에 무려 '반지의 제왕'이었던 안정환도 예능인이 됐다. 그러다 월드컵 철이 돌아오면 어김없이 축구계로 돌아와 축구 해설도 한다. 한 시절 씨름판이며 농구 코트를 지배했던 인물들이 10년, 20년씩 방송을 해온 여성 예능인보다 빠르게 기회를 얻고 자리를 잡는다. 한국 방송을 포함한 엔터테인먼트 업계를 통해 한국 사회를 보면 늙은 데다가 성비는 아예 맞지 않는데도 아직은 젊고 여자는 필요 없다고 주장하고 있는 팀이나 마찬가지다.

정치로 가면 문제는 한층 더 심각해진다. 2020년 총선으로 구성될 국회의원 비율을 여성 50퍼센트, 청년 30퍼센트로 높이고자 녹색당에서 캠페인을 시작한다는 소식을 들었다. 이 소식을 듣고 궁금해져서 현재 국회의원의

성비와 연령비를 찾아봤다. 2019년 현재 국회의 남성 비율은 83퍼센트, 중장년 비율은 99퍼센트다. 40대부터 60대까지가 압도적으로 많다. 한국 사회의 대소사를 결정하는 사람들이 이들이다. 반면 만 29세 이하 의원은 단 두 명, 여성 의원은 전체 의원 중 17퍼센트에 불과하다. 심지어 정치는 평범한 사람들이 은퇴할 때 새롭게 시작해도 늦지 않는 분야다. 평생에 걸쳐 여러 직업을 가지되 안정적으로 커리어 변화를 꾀하는 길마저도 윗세대 남성들에게만 뚫려 있는 것이다.

이런 사회에서는 어디로도 올라갈 수 없다. 단순하게 직장에서의 직위만을 의미하는 것은 아니다. 세대도 권력도 본질적으로는 교체되기 어려울 것이며, 그 교체를 통해 더 나은 팀이 되는 일 역시 불가능해 보인다. 이것은 여성들의 감각이고, 2019년 현재를 살아가는 밀레니얼의 세대적 감각이다.

그리고 나는 생각한다. 30대인 나 역시 올라갈 데도 없고 올라갈 수도 없기 때문에, 이런 감각을 공유할 수 있는 20대와 더 많은 공통점이 있다고 여긴 것은 아니었을까? 어차피 올라갈 데가 없는 것 하나만큼은 비슷한 상황이니까 나 역시 후배 밀레니얼, 90년대생들에게 어느 정도 묻어갈 수 있다고 믿은 것일지 모른다. 그래서 그들까지도 내가 말하는 '우리' 안에 들여놓기 위해 지나치게 공통점을 찾으려 애쓴 것은 아니었을까? 그런데 정말로 그럴까?

내가 가진 (조금 먼저 태어났다는) 특권

나는 동료 황효진 작가와 함께 독립출판으로 출간한 『둘이 같이 프리랜서』의 서문에서 결국 미래에는 우리 모두가 프리랜서가 될 거라는 급진적인 주장을 펼쳤다. 물론 그것은 아직 미래의 일이므로 일단 지금 어떻게 프리랜서가 될 수 있는지를 묻는 사람들에게 이런 조언을 남긴 바 있다.

"'일단 회사를, 다녀보세요.' 어떤 프리랜서가 당신에게 그렇게 말했다면, 당신은 그의 심연을 아주 잠깐이나마 들여다본 것이다."

내가 쓴 문장을 인용하려니 약간 찔리지만 정말 중요한 이야기이기 때문에 어쩔 수 없다.

프리랜서가 받는 일감 대부분은 기존 인맥, 사실상 회사를 다니며 쌓고 다진 관계를 통해서 들어온다. 프리랜서로서의 경력을 눈에 보이게 쌓기 전까지 이 인맥은 절대적이고도 거의 유일한 자산이다. 그러므로 일단 회사에 다녀봐야 한다고 표현한 것이다. 나의 경우는 회사에 소속된 적은 없지만 글을 쓰던 초기부터 고정에 가까운 연재처가 있었고 짧은 방송작가 시절 생긴 인맥도 있었다. 어떤 기반도 소속도 없이 프리랜서로서 10년 이상 생존이 가능했다고 말한다면 완전히 거짓말이다. 그렇기 때문에 내가 일할 업계의 구조와 분위기, 임금 수준, 전반적인 환경을 파악하고 그 안에서 일을 만들어나갈 수 있을 만한 최소한의 경험과 인맥을 쌓고 난 후에 프리랜서라는 상태로 독립한 개인 노동자가 되는 것을 추천한 것이다.

이 말 또한 이제 반쪽짜리 조언일 뿐이다. 일단 모두들 회사를 다니고 싶어 하기 때문이다. 모두 정규직이 되고 싶어 한다. 회사에 다닐 수 있다면, 정규직이 될 수만 있다면. 그러나 90년대 이후에 태어난 세대에게는 회사에 다닐 기회, 더욱이 정규직이 될 가능성이라는 것이 거의 주어지지 않는다. 여성이라면 선택의 폭과 기회의 정도가 같은 세대 남성에 비해 현저히 적다. 그런 이들에게 '회사에 다닐 수 있다면 다녀보세요'라고 말할 수 있는 '세대의 권력'이라는 것이 나에게도 있는 것이다. 취업 시장 문을 열고 들어가려고 치열하게 애쓴 적이 없음에도 이 정도 소득과 생활 수준을 유지해올 수 있는 데는 나라는 개인의 능력이나 노력 외에 또 다른 요소가 작동했음을 인정해야만 한다. 무서운 속도로 나빠지던 시절에 조금 먼저 태어났다는 특권이 그것이다.

현재의 90년대생들에게는 윗세대가 뛰고 있는 경기에 후보로나마 참여할 기회라는 것이 없다. 애초에 경기에 뛸 수 없는 것으로 여겨져온 여성의 상황은 더욱 나쁘다. 본 경기 전에 경기에 뛸 가능성이 있는 선수들을 2배수 정도로 뽑아놓은 명단을 스쿼드라고 부른다. 여성인 우리는 스쿼드에도 낄 수 없다. 아주 운이 좋아 거기에 낀 경우라면 유리 천장을 깼다고 말한다. 이런 상황에서 이제 마냥 경기에 불러주기만을 기다리고 있을 수만은 없다.

위로 올라가는 대신 앞으로 나아갈 수 있다면

어쩌면 여기서부터 다른 가능성이 생긴다. 새로운 리그의 가능성이다. 우리가 뛸 수 있는 한 전혀 다른 방식으로 뛰는 리그, 이전과는 전혀 다른 방식으로 이길 수도 있는 리그, 이기고 지는 것이 그렇게 큰 의미가 없을 수도 있는 리그, 그런 리그가 있을지 모른다. 없다면, 우리가 만들 수도 있다.

누군가는 40대 남성의 승인이나 국민 프로듀서의 선택을 기다리면서 자기 자리를 얻으려고 한다. 그 또한 하나의 방법일 것이다. 일종의 전술 변화를 기대하는 태도다. 멘토의 멘티가 되는 것, 윗세대가 가진 무언가를 이어갈 후계자가 되는 것. 그러나 다음 세대를 기르고 무엇보다 그들에게 유무형의 자산을 물려주고자 하는 윗세대가 거의 존재하지 않는 상황이라면 오디션을 보지 않는 것역시 방법이다. 스스로 데뷔할 수 있는 유일한 방법일 수도 있다. 크고 작은 균열이 보이고 있는 데다가 팀은 지고 있는 것 같은데도 도무지 전술에는 변화가 없고 세대 교체는 고려조차 하지 않는 것처럼 보이는 팀이라면, 떠나는 게 맞지 않겠는가?

우리 모두가 세대 교체에 성공한 프랑스 대표팀이 될 수는 없다. 반대로 늙어버린 팀에서 반드시 뛰어야만 하는 이유도 없다(이 팀에는 메시도 없는데!) 어쩌면 지금 젊은 세대가 하고 있고 해야 하는 일은 앞선 세대의 남성 중심 리그를 정말 그들만의 리그로, 언젠가는 함께 뛸 사람이 없어 자연히 소멸해버릴 팀으로 만드는 것일지도 모른다. 새로운 일을 찾고, 만들고, 함께 할 동료들을 모으면서.

밀레니얼 세대가 다시 커뮤니티와 모임을 찾고 이제까지의 운동권과는 다른 방식으로 정치 세력화를 모색하는 것은 우연이 아니다. 위로 올라가기보다는 앞으로 나아가기를 원하는 세대에게 필요한 것은 끌어올려주는 사람보다는 지치지 않고 같이 걷고 뛰어줄 사람이다.

나는 아무리 위대한 선수라도 한 팀을 한 대회의 우승으로 이끌 수 없다는 사실을 2014년에 이어 2018년 러시아 월드컵에서 또 다시 배웠다. 메시의 아르헨티나를 16강에서 꺾은 프랑스 대표팀은 러시아에서 월드컵 트로피를 들었다. 가장 젊은 팀이었다. 1998년생인 킬리안 음바페가 트로피를 드는 모습을 지켜보며 나는 생각했다. 메시도 늙은 세상에서 나는 어떤가? 우리는 어떤가? '2030 세상 보기'라는 이름의 일간지 칼럼 지면은 이제 슬슬 밀레니얼-Z세대 여성 작가의 몫으로 넘겨주어야 하는 것은 아닐까? 어디선가 음바페처럼 힘과 기술, 아니 패기와 열정,

아니 그것도 아니고 자기 언어와 성실함으로 무장한 20대 페미니스트 작가가 나타나 너의 언어는 이미 낡았다고 말하기 전에 알아서 물러나야 하는 것은 아닐까? 메시도 아닌 주제에?

어차피 올라갈 데가 없는 것은 마찬가지이므로 나와 그들이 같은 처지라고 말해서는 안 된다는 것을 이제는 안다. 그러므로 나는 고민한다. 우리가 만들어갈 작은 리그들은 앞으로 세상을 어떻게 바꿀 것인가. 가능하다면 오래 현역 생활을 하고 싶은 내가 뛰어야 하는 리그는 그중 어디일까. 메시가 은퇴하기 전까지는 답을 찾고 싶다.

엄마와 딸, 어쩔 수 없는

"재미있는 일이 좀 생겼으면 좋겠어."

2002년이 거꾸로 읽어도 숫자가 같다는 것을 제외하면 재미있는 일이 하나도 없다고 생각한 열아홉 살 딸에게 엄마는 대답한다.

"그래, 네가 세상에서 제일 불행하다. 네가 이겼어."

듣고 있던 오디오북의 여운에 잠기고 싶은 엄마와 다른 노래를 듣고 싶은 딸은 그렇게 말다툼을 시작해서 가고 싶은 대학과 갈 수 있는 대학, 집안 형편, 예정된 혹은 기대하는 미래를 두고 점점 언성을 높이기 시작한다.

"나는 뉴욕에 가고 싶어!"

딸이 말하면 엄마는 대답한다.

"주제를 알아라."

스스로 지은 이름으로 불러달라는 딸에게 엄마는 그건 이름조차 아니라고 말하며 상처를 준다. 베이비붐 세대 엄마와 밀레니얼인 딸이 등장하는 영화 〈레이디 버드〉

는 모녀라는 관계가 얼마나 복잡한지를 첫 장면에서부터 보여준다. 나와 또래인 주인공 레이디 버드(시얼샤 로넌)이 대학에 가기 전 마지막 1년을 담은 이 영화를 보면서 나는 앞으로 자주 이 영화 속 어떤 장면들을 빌려 엄마와 나, 내가 지나온 어떤 시절을 이야기하게 될 것을 알았다. 어쩌면 엄마와 나의 이야기에서 엄마 세대와 나의 세대가 살아온 삶의 일부를 겹쳐둘 수도 있을 것이다. 이 글은 그런 의미에서 지극히 개인적이고도 복잡한 관계에 있는 두 세대 여성의 기록이다.

나처럼 살기를,
아니 나처럼은 살지 않기를

내가 우리 나이로 열다섯에서 열여섯으로 넘어가던 시기에 엄마는 극심한 우울증을 앓았다고 한다. '그랬다고 한다'고 쓴 이유는 당시에 나는 그 사실을 전혀 몰랐기 때문이다. 엄마가 우울증을 앓았다는 사실을 알게 된 건 내가 법적으로 술을 마셔도 되는 나이가 되고 조금 더 시간이 흐른 뒤었다.

중학교 3학년 때 나는 학생회장이었는데 엄마는 학부모들의 그 어떤 모임에도 참여하지 않았다. 나는 엄마가 장사를 하기 때문에 그게 별 문제가 되지 않는다고 생각했다. 솔직히 크게 관심이 없었다. 내가 졸업할 때 엄마는 내가 다닌 중학교에 장학금을 냈다. 당시 우리 형편으로는 어처구니없이 큰돈이었다. 나는 오랫동안 그때 왜 엄마가 장학금을 냈는지 전혀 몰랐다. 그 이유 또한 엄마가 우울증을 앓았다는 사실과 함께 알게 됐다. 자신이 딸을 위해 아무것도 하지 않았다고 느낀 그 1년을 엄마는 내내 미안해했다는 사실을.

〈레이디 버드〉에도 매우 비슷한 장면이 나온다. 언제나 다정한 아빠는 직업을 잃었고 가족의 형편도 어려워져 간다. 레이디 버드는 그 사실을 알지 못한다. 실은 알 생각도 그다지 없고 엄마의 잔소리가 짙은 그늘을 드리운 이 "영혼을 죽이는 도시"를 떠나고 싶을 뿐이다. 레이디 버드는 약병을 본 뒤에야 아빠가 몇 년이나 우울증과 싸우고 있었음을 알게 된다. 부모는 레이디 버드의 막연한 추측보다 훨씬 더 심각한 경제적 위기를 지나가고 있고, 가족들은 레이디 버드의 생각 없는 말 한마디, 사춘기의 날선 반응들에 각자의 방식으로 상처를 입고 그 상처를 되돌려 주고 있다.

그러나 이 모든 일은 레이디 버드가 자기 자신이 되는데, 자기 자신으로 살아가기 위한 선택을 하는 데 결정적인 영향을 끼치지는 못한다. 그는 이미 자신이 원하는 자신이 되기 위해 부모가 지어준 이름이 아니라 자신이 지은 이름 '레이디 버드'로 불리며 살아가고 있기 때문이다.

레이디 버드는 자신도, 주어진 상황도 연민하지 않는다. 미치고 이상한 것처럼 보여도 세상에 기꺼이 부딪히며 마음껏 울고 웃고 소리친다. 엄마의 강권에 가까운 권유도, 아빠의 우울증도, 집안의 가난도 그가 자기 자신이 되는 걸 막을 수는 없는 것이다. 그렇다고 해서 자신과 가족을 둘러싼 모든 일이 완전히 괜찮은 것은 아니다. 하나뿐인 딸로서 부모를 떠나는 일은 당연히 고통스럽다. 자신의 선택 때문에 앞으로 꽤 긴 시간 동안 부모에게 경제적 부담이 더해질 것 또한 안다. 그래도 떠나며 레이디 버드는 말한다.

"엄마, 미안해. 내가 엄마가 바라는 최고의 나와는 다른 사람이라서."

엄마, 미안해. 엄마가 줄 수 있는 것보다 내가 더 많은 것을 원해서. 나는 이 영화를 내 유년 시절과도, 심지어 지금의 나와도 떼어놓을 수가 없다. 레이디 버드가 엄마에게 말하는 방식, 엄마를 사랑하면서 상처 입히고 엄마에게서 상처 입는 방식, 끝내 하는 선택들이 도저히 다른 사람의 것으로 느껴지지 않았기 때문이다.

"나를 사랑하는 건 알아. 하지만 나를 좋아하기는 해? 내가 나중에 성공해서 엄마가 나에게 쓴 모든 돈을 갚으면 돼? 그러면 되는 거지?"

이 극적인 순간에 레이디 버드의 엄마 메리언(로리 멧칼프)은 상당히 이성적이지만 가장 하지 않았어야 할 방식으로 반응한다.

"너는 못 갚아."

그렇다면 나는 갚을 수 있을까. 그 장학금을. 자식들을 고등학생과 중학생이 될 때까지 키워놓고서, 이제 삶에 남은 것은 죽음밖에 없다는 생각에 사로잡혀 있던 중년 여성이 그 와중에도 자식에 대한 미안함을 지우지 못하고 '어려운 형편의 또 다른 딸들에게 주고 싶다'며 내놓은 1998년의 백만 원을.

엄마들은 딸이 절대로 자신처럼 살지 않기를 원하고, 또 어떤 부분에서는 자신처럼 살기를 원한다. 메리언은 레이디 버드를 너무나 사랑했지만 자신이 평생을 살아온 곳을 딸이 정말로 떠날 수 있으리라고 믿지 않았다. 딸에게 주어진 미래가 겨우 자신과 비슷한 수준만 돼도 다행일 거라고 생각했을 것이다. 메리언에게 레이디 버드는 주제를 모르고 주어진 것 이상을 원하는 새로운 세대다. 그리고 레이디 버드는 엄마에게서 떠나야만 자기 자신으로서 살아갈 수 있다는 걸 아는 딸이다. 레이디 버드의 모든 행동은 수많은 딸이 엄마에게 하는 말과 같은 의미를 담고 있다.

"나는 엄마처럼 살지 않을 거야. 나는 자라서, 절대 엄마가 되지 않을 거야."

나의 엄마 역시 내가 자라 당신보다 잘 살고, 그러면서도 당신과 같이 살기를 바랐을 것이다. 엄마는 딸이 중산층으로 진입하는 것이 당연히 가능하다고 틀림없이 믿었을 것이다. 자신이 획득하지 못한 학력과 학벌을 가지게 될 딸의 미래는 순탄하게 흘러가리라고 확신했을 것이다. 서울 근교 소도시 출신이면서 별다른 사교육 없이도 서울에 있는 4년제 대학에 가는 일이 가능했던 마지막 세대에 딸이 속해 있었다는 것이 작은 행운이었음은 모른 채로.

"우리 때는 다 단칸방에서 시작했어"라는 꼰대의 말 같은 것은 아닐 테지만, 적어도 열심히 정직하게 사는 것으로 그에 합당한 보상을 받은 시절에 자신이 살았고 그 이치 안에서 생존해왔기에 엄마의 믿음은 굳건했다. 딸이 사는 오늘은 그렇지 않을 수도 있다는 것을 들어서 알면서도 믿기지는 않았다. 10년이 넘도록 사법시험을 준비하는 큰조카를 보면서도, 부동산 사업에 실패한 막냇동생을 보면서도, 엄마는 딸에게는 계속 다른 미래가, 동시에 모두가 당연하다고 생각하는 궤도 속의 빛나는 미래가 찾아올 것을 기대했다. 그래도 내 딸은 다를 것이었기 때문에. 그리고 그 빛나는 미래 속에서 지극히 당신과 같은 선택을 하기 원했다. 당신보다 많이 배운 딸이 더 사회의 인정을 받는 직업을 가지고 더 많은 돈을 벌면서도 정확히 자신이 걸어간 바로 그 궤도를 따라가기를 바랐다. 직업을 가지고, 결혼을 하고, 아이를 낳고, 자신이 그러했듯이 엄마가 되는 길.

그러니 대학 졸업 후 당신이 아는 궤도를 아무렇지 않

게 벗어나버린 딸의 삶은 엄마로서는 도저히 이해할 수 없는 것이었다. 원하던 직장에 취업하는 일이 어려워졌을 때 왜 다른 직장을 찾지 않은 것일까? 비정규직인지 뭔지는 몰라도 잘 다니던 지상파 방송국은 왜 관두겠다고 한 것일까? 왜 기반도 직업도 집도 없이 독립을 하려고 하고, 도대체 왜 결혼은 하려고 하지 않는 것일까? TV를 보고 책을 읽으며 하고 있다는 그 '일'은 도대체 무엇인가? 뭐가 부족해서 다른 권사님 집사님 딸들처럼 직장을 잡고 결혼하고 아이를 낳고 살아가지 않는 걸까?

그 물음표들 사이에서 서성대다 딸에게 조심스레 말을 꺼내면 "내가 알아서 할게"라는 답과 마주치게 될 것을 안다. 무엇을 알아서 하고 있단 말인가? 엄마의 상상력은 시장 근처 작고 가난한 동네와 그들의 간절함으로 점차 커져간 교회 너머, 그 작고 안전한 궤도 바깥으로 끝내 나아가지 못한다. 주문처럼 외우게 되는 "우리 딸은 더 큰일을 할 거야"라는 말 속의 '큰일'이 무엇인지는 엄마도 모른다. 적어도 동생들을 가르치느라 고등학교도 가지 못한 자신이 길가에서 호떡을 팔면서 집을 산 것보다는 훨씬 큰일을 해내야만 한다고 막연하게 생각할 뿐이다. 그리고 그 일을 하면서 당연하게도 아내가 되고 엄마가 되어야만 한다고 생각한다. 그게 여자의 일이니까.

"저는, 저를 더 사랑해요"

아내나 엄마는커녕 완전히 혼자인 채로, 그랬기 때문에 홀쩍 멜버른으로 거처를 옮긴 나는 그곳에서 〈레이디버드〉를 봤다. 영화가 끝난 후 영화의 마지막 장면을 생각하면서 걷기 시작했다. 아침에 5주짜리 수업 하나를 등록하고 마음과 지갑이 다 가난해진 참이었다.

나는 삶을 돌아봐야 하는 순간이 왔을 때 언제나 나에게 필요한 것이 기술이라고, 그것도 세계 어디에서나 통용되는 방식의 기술이라고 생각하는 버릇이 있다. 아마도 고립어로 글을 쓰는 일을 유일한 기술로 가진 사람, 와중에 국어국문학과 졸업생이기까지 한 사람의 자격지심일 것이다. 이왕에 글을 쓸 것이었다면 더 많은 사람이 쓰는 언어, 예를 들어 영어나 중국어로 썼어야 했던 것은 아닐까. 실은 애초에 글을 쓰지 않았어야 했던 것은 아닐까. 이렇게 정처없이 떠돌며 살아갈 것이었다면, 이렇게 살아가고 싶다면, 지구 어디에 떨어져 살아간다 해도 나 하나를 먹여 살릴 수 있을 만큼의 기술, 개인의 일상을 돕는 데 필수적인 공통의 기술을 습득하는 것이 최우선 과제인 것은 아닐까.

그런 이유로 또 한 번 변덕을 부렸다. 어디에 쓰게 될지 모를 영어 시험 성적을 준비하는 어학원 수업을 듣는 대신, 바리스타 자격증을 따기로 했다. 5주 코스에 서울에서 쓰는 한 달 생활비를 지불했다. 멜버른에서만 유효한 자격증이기 때문에 과연 쓸모가 있을지 계속 불안했지만, 에스프레소 머신을 다룰 줄 아는 것과 모르는 것은 또 다를 것이라고, 세계 어디에서든 커피를 마시니까 언젠가는 쓸 수 있는 기술이라고 생각했다. 친구들은 갑자기 바리스타가 될 것도 아니지 않냐며 대체로 회의적인 반응을 보였다.

의외로 가장 긍정적인 반응을 보인 건 엄마였다. 배워두면 어디에든 쓸 일이 있을 것이라는 이유였다. 영어나 다른 나라에 대해서는 잘 몰라도 장사에 대해서라면, 인간이 먹고 마시는 것을 파는 일에 대해서라면 엄마는 누구보다 잘 알았다. 젊은 시절부터 근육과 머리에 각인된 기억은 여전히 힘이 세다. 자영업자로 평생을 살면서 엄마가 유일하게 믿은 것은 현금이 주머니로 바로 들어오는 일의 힘이었다. 밤이 되어 그 현금을 세면서 오늘 치 노동을 바로 제값으로 보상 받았음을 깨닫고, 그 돈으로 두 아이를 먹이고 남편과 함께 살아갈 수 있다는 것에 안심한다. 건널목에서 엄마에게 전화를 했더니 받지 않았다. 유독 춥던 그 겨울, 엄마는 요양보호사 자격증 시험을 치르려고 공부하고 있었고 종종 실습을 나간다고 했다.

여덟 시를 훌쩍 넘긴 시간이었는데도 한여름의 멜버른은 아직 밝았다. 큰 빌딩 사이로 해가 지고 있었다. 해가 지는 쪽으로 걸었다. 동시에 나는 〈레이디 버드〉 속 20년 전 새크라멘토만큼 햇살이 눈부시지도 느긋하게 평화롭지도 않았던, 오랜 가난의 흔적을 이후 20년간 채 지우지 못할 동네를 함께 떠올렸다.

딸과 아들이 등교한 뒤 다시 드러누운 엄마가 밖으로 다시 나온 건 늦은 오후였다. 아빠는 억지로 엄마를 데리고 나와 1.5톤 트럭 조수석에 태운다. 별다른 대화 없이 트럭은 익숙하게 옛 산성 방향으로 향한다. 오른쪽 귀가 잘 들리지 않기 시작한 아빠는 별일이 아니리라 생각한다. 머지않아 한쪽 귀로는 아예 듣지 못하게 된다는 것을 모르는 채로. 어차피 아내는 말하지 않으므로 목소리가 메아리처럼 들릴 일도 없다.

긴 시간 동안 차창에 걸쳐두어 이미 오래전에 검게 타버린 팔 위로 다시 빛이 쏟아지는 동안에도, 그 후로도 계속, 무엇이 아내의 삶을 구할지 그는 모른다. 그는 그저 그가 할 수 있는 유일한 일인 운전을 할 뿐이다. 아직 쉰이 되지 않은 엄마는 남편의 왼쪽 팔 위로도, 창밖으로 내민 자신의 얼굴 위로도 떨어지는 햇살이 조금씩 천천히 옅어져가는 것을 바라본다. 몇 년 뒤 수능을 무사히 치른 딸이 운전면허를 따기 위해 마지막 연수를 받다가 그 꼬불거리는 산길을 넘으리라는 것도, 무사히 넘고 돌아오는 마지막 길목에서 차선을 바꾸다 도로변 화단을 넘는 사고를 내리라는 것도, 그 사고의 흔적을 어떤 공무원도 치우지 않아 몇 년이고 거기를 지날 때마다 저 사고를 내가 냈다고 딸이 말하고 그때마다 심장이 떨어지리라는 것을 모르는 채로.

그렇지만 엄마는 살아낸다. 이후로도 삶은 순탄치 않게 흘러가고 파산과 사고와 사랑하는 이들과의 다툼과 이별이 기다리고 있을 테지만 엄마는 다시 사는 생이므로 더는 아쉬울 게 없다.

그리고 15년 뒤, 겨우 빚지지 않을 만큼만 돈을 벌면서 정확히 무엇인지 알지도 못하는 미래를 기약 없이 기다리면서 살아가던 서른의 나는 상담사 앞에서 말한다.

"그러니까 저는, 엄마를 세상 그 누구보다 사랑하는데, 엄마보다 저를 더 사랑해요. 백만 원 남짓한 돈을 들고 지구 반대편으로 향하기에 앞서서 왜 이런 말들을 해야 하는지는 모르겠지만, 저로서는 엄마를 슬프게 한다고 해도 제가 되는 수밖에 없어요."

나는 엄마가 그저 삶을 흘러 왔거나 흘려 보냈다고 생각하지 않는다. 엄마는 주어진 환경과 시절 속에서 엄마가 할 수 있는 한 최선으로 살았고, 엄마의 선택이 엄마의 인생을 만들었다고 믿는다. 나는 그 인생을 주제넘게 연민하거나 억지로 이해할 생각이 없다. 엄마는 끝내 나를, 나는 끝내 엄마를 이해하지 못할 것을 나는 잘 안다. 엄마 세대는 우리를, 우리는 엄마 세대를 이해하지 못한다. 엄마와 나는 결국 각자가 살아온 시절 안에서 각자의 우주를 살아가는 서로를 볼 뿐이다. 내 첫 책에 고스란히 기록

된 20대 후반 시절을 엄마는 "네가 밑바닥에서 고생하던 때"라고 말한다. 엄마는 딸과 그 세대 대부분이 엄마가 밑바닥이라고 여기는 자리에서 분투해야만 겨우 일상을 꾸릴 수 있다는 것을 모른다. 엄마는 여전히 딸이 '콩깍지가 씌면 모르는 일'인 사랑에 빠져 번듯한 사위를 데려오기를 기대한다. 딸이 그 시간에 '비혼주의자 선언'이라는 비장한 제목이 달릴 한 편의 글을 쓰고 있다는 것을 모르는 채로.

우리가 서로를 구할 날이 온다면

한국전쟁이 한창이던 1951년에 9남매 중 장녀로 태어나 결혼 후 낳은 자녀가 성인이 될 때까지 엄마는 인생의 대부분을 다른 이들의 식사를 책임지는 노동으로 지탱해왔다. 그런 엄마에게 결혼은 탄생한 자에게 주어진 인생의 수순이다. 그래서 결혼 생활이 행복했는지, 행복한지물으면 "이만 하면 됐다"는 답이 돌아온다. 당신은 결혼을 해서 1남 1녀를 낳아 길렀고, 이혼하지 않았다. 맏이인 아들은 사회가 말하는 결혼 적령기에 결혼해 아들 둘을 낳았고 아들 부부 또한 이혼하지 않았으며 손자들은 무럭무럭 자라고 있다. 엄마는 이런 삶이 아닌 삶은 상상해본 적이 없다. 상상까지 하기엔 일상이 너무 고단했다. 그 고단

함을 위로한 것은 당신이 알고 있는 삶의 궤도 내에서 무탈히 살아가는 가족뿐이었다.

그러니 '결혼을 하지 않겠다'는 딸의 말이 곧 70년이 될 자기 생을 통째로 부정하는 것처럼 느껴지는 것은 당연한 일인지 모른다. 그러나 매정하게 들린다 해도 그것은 엄마의 사정이다. 내가 해야 하는 일은 딸이 그 예정된 궤도를 돌 생각도 없고, 가족들의 기대를 모두 충족하며 살아갈 의지도 없음을 엄마가 받아들이도록 하는 것이다. 조심스레 결혼 얘기를 꺼낸 엄마에게 또 어딘가 먼 나라로 다시 떠나겠다는 딸이 말한다.

"엄마, 똑바로 들어. 엄마 딸은 결혼을 안 해. 엄마 딸은 그냥 자기가 원하는 방식으로 살 거야. 그걸 엄마가 이해하지 못한다고 해도. 우리가 이토록 서로를 사랑하는데도 서로를 끝내 이해하지도, 좋아하지도 못하는 것은 어쩌면 당연한 일인지도 몰라. 엄마는 괜찮을 거야. 혹시 괜찮지 않대도 내가 어쩔 수는 없어."

딸이 서른이었을 때 계절도 언어도 다른 먼 나라로 떠나기 전, 떠나지 않기를 바라던 엄마는 말했다.

"너는 내 인생을 구했어. 난 그거면 됐어."

깊은 우울이 찰랑이는 길고 끝나지 않는 터널 속에 갇혀 있던 오래전 봄, 열여섯의 내가 어버이날에 사 온 카네이션 꽃바구니를 보고 엄마는 살기로 했다고 말했다. 아마도 자식이라면 누구나 주는 그런 그냥 카네이션이었을 텐데. 나는 열네 살 때도 열다섯 살 때도, 국민학교에 다닐 때도 어버이날에는 엄마에게 카네이션을 줬을 텐데. 조금도 특별하지 않았을 그 카네이션에서 엄마는 터널의 끝을 보았다고 했다.

"그거면 됐고, 우리는 서로 빚지지 않았으니 원하는 곳으로 가서 원하는 너로 살아. 내가 슬픈 건 어쩔 수 없지."

내가 나인 것도, 우리가 우리인 것도, 어쩔 수 없다. 우리는 그 어쩔 수 없음을 간직한 채로 여전히 살아가며 서로를 본다. 이해할 수 없는 것을 인정하면서. 여성으로서, 오랜 시간 같은 식탁에서 밥을 먹고 같은 냄새를 풍기며 살아온 사람으로서 가끔 거울 속에서 엄마의 얼굴을 발견하기도 하겠지만 나는 엄마가 아니다. 나는 엄마가 바라는 그런 여성으로는 살 수도 없고, 살고 싶지도 않다. 엄마는 나에게 자신이 가진 거의 모든 것을 물려주었지만, 나는 누구에게도 무엇도 물려주지 않을 것이다. 그리고 지금 가진 것으로 내가 잘 살 것이다.

당신이 단 하나의 궤도에 규격처럼 존재한다고 믿었던 인생 바깥에서도 행복하게 잘 살아갈 수 있음을 보여주는 것이 내가 내 자녀가 아닌 다음 세대 딸들에게 물려줄 수 있는 유일한 유산이다. 그렇게 다른 궤도 위에서도 서로를 지켜보면서 살아가다 보면 아무것도 몰랐던 어린 내가 우울의 터널 속에서 엄마를 구했듯이 우리가 다시 서로를 구할 날이 올지도 모른다. 그러니 잘 살겠다. 나의 의지와는 상관없이 어쩌다 살게 된 이 생, 엄마가 내게 준 첫 번째 선물인 이 삶을 이해할 수도, 실은 좋아할 수도 없지만, 사랑하면서.

적게 일하고 많이 벌 수 없다면

아무래도 유튜브를 시작해야 할 것 같다. 사실 '시작해야 할 것 같다'고 쓰고 있을 시간에 어서 계정을 만들고 브이로그vlog라도 한 편 올리는 게 나을 수도 있다. 이건 넷플릭스 주식과 비슷한 것이다. 샀어야 했다고 생각했을 때 샀어야 하고, 그런 생각을 하고 있을 때 차라리 빨리 사야 하는 그런 거 말이다.

지금 이 글을 쓰면서 브이로그를 검색했더니 무려 영웅재중이 택배 언박싱 영상을 공식 유튜브 채널에 올렸고, 영상 일곱 편 만에 50만 구독자를 모은 배우 신세경 역시 자신의 일상을 브이로그로 올렸다는 기사가 나왔다. 그리고 몇 달 사이에 강동원과 백종원이 유튜브에 진출했다. 가수와 배우를 포함해 모든 셀러브리티가 자신의 채널로 유튜브를 택한 시대에 별로 유명하지도 않은 나까지 영상을 더할 필요가 있을까? 그런 생각이 드는 한편 역시 또 누군가는 지금 이 순간에도 김연아의 명언대로 '무슨 생각을 해. 그냥 하는 거지'라는 바람직한 태도로 영상을 찍고 있을 것이기 때문에, 하루라도 빨리 시작하는 게 맞지 않나 하는 생각도 함께 드는 것이다.

지금이라도 예쁘고 비싼 맥북에어를 타자기로만 사용하지 말고 본래 기능에 충실하게 영상을 편집하는 기계로 사용한다면 본전 정도는 찾을지 모른다. 이대로는 일하는 시간 대비 수지 타산이 정말 맞지 않으니 맥북에게도 나에게도 좋은 선택이 될 수 있다. 결국 내가 쓰고 만든 무엇인가를 팔아야만 살아갈 수 있다면 나 역시 대세를 따라야 하지 않을까?

얼마 전 친구가 "네 조카가 성인이 됐을 때는 대통령도 유튜버 중에서 나올 수 있다는 거야!"라고 말해준 일도 떠오른다. 실제로 과거 대선 후보가 유튜버로 사전적 의미의 재기를 시도하는 시절이니 친구 말이 영 불가능한 일도 아닐 것이다. 이런 세상이 이렇게 빨리 올 줄 알았다면 첫 책이 나왔을 때 출연한 라디오 프로그램 진행자의 권유를 진지하게 받아들였을 텐데.

"입담이 참 좋으시네요. 라디오로는 아까운데요. 왜 유튜브를 안 하세요?"

그는 그전 달에 유튜브에서 입금된 내역을 나에게 보여주면서 6개월만 버티면 수익이 생기게 되어 있다는 말을 굉장히 비밀스럽게 전달했다. 과연 비밀스러울 만했다. 그는 KBS 교양 프로그램 〈무엇이든 물어보세요〉를 연상

케 하는 중장년을 위한 교육·교양 채널을 유튜브에서 운영하는 중이었고 거기서 얻은 수입은 천만 원에 육박했기 때문이다.

도대체 나는 왜 그 액수를 눈으로 보고도 유튜브를 시작하지 않은 것일까? 간단했다. 나는 유튜브 콘텐츠를 잘 보지 않는 사람이기 때문이다. 나는 보지도 않는 걸 만들 수 없는 사람이라는 주제 파악으로 고민도 없이 산뜻하게 유튜버의 길을 미래에서 지워버렸다. 그리고 어언 3년에 가까운 시간이 흘렀다. 그사이 지인이 영화 소개 유튜버로 구독자를 모으고 모으다가 영화 소개 프로그램의 서브 MC로 들어가고, 결국은 메인 MC가 되었다. 그리고 나는 그사이에 영화배우 인터뷰 콘텐츠 작가 자리에서 잘렸다. 이 모든 상황의 교훈은 너무나 명확하지 않은가? 그러니까 지금이라도 나라는 인간의 주제를 다시 생각해보면서 유튜브를 하는 것이 옳은 선택이라는 것이다. 하지만 〈무한도전〉이 남겨준 단 하나의 교훈을 되새겨보자면, 역시 늦었다고 할 때가 가장 늦은 것은 아닐까?

이런 식으로 자아분열에 가까운 유튜브 생각을 하게 된 것은 어느 아나운서의 이야기를 들었기 때문이다. 친구가 일을 하면서 만난 어느 지상파 방송국 아나운서가 진지하게 유튜브 채널을 열기 위해 고심하고 있다고 했다. 처음에는 요새는 연예인들도 워낙 많이 하니까 관심이 있는 정도인 줄 알았는데 정말 진지하게 새로운 일로,

방송국과는 또 다르게 자기 역량을 펼칠 수 있는 곳으로 여기면서 유튜브에 도전하고 싶어 하는 걸 보고 놀랐다는 이야기였다.

"그 아나운서가 우리보다 세 살 정도 어리거든? 그 정도만 해도 그냥 방송국에서 안정되게 일하면서 쭉 살려고 하지 않더라고. 너무 신기하지 않아?"

아무리 평생 직장이 없는 시대라고는 하나 지상파 방송국의 정규직으로 일하고 있다면 특별한 일이 없는 한 해고의 위험 없이 확실한 소속 안에서 안정적인 미래를 도모할 것으로 여긴다. 그러나 더 이상 그렇지 않다고 생각한 사람들이 있다. 망할 일이 없고 잘릴 일도 없는 회사를 안정적인 곳으로 여기지 않아서가 아니다. 꼭 그렇게만 일할 이유가 없다고 생각하기 때문이다.

기술과 매체가 발달하면서 생겨난 새로운 일의 영역이 존재하고, 그 판은 누군가의 승인 없이 진입이 가능하다. 누구도 유튜버로서 당신이 적합한지 아닌지 면접을 보자고 하지 않는다. 필기 시험을 치르거나 이력서를 쓸 필요도 없다. 거기서 내가 가진 콘텐츠로 승부를 볼 수 있다면? 지상파 아나운서처럼 외부에서 부여되어 고정된 이미지를 넘어 스스로 원하는 방식으로 자기 자신만의 브랜드를 새롭게 만들 수 있다면?

어떤 밀레니얼에게 이런 기회는 회사가 주는 자리에서 비슷한 일을 반복하면서 월급을 받는 일보다 훨씬 흥미롭다. 앞선 세대의 승인을 받는 형태로 직장을 얻으려면 가장 높은 경쟁률을 뚫어야 하는 세대가 통행증이 필요없는 다른 길을 찾기 시작한 것이다.

전문성 그리고 탁월함

2017년 2월 어느 날, 1983년생 홍진아 씨는 문득 왜 두 개의 직장을 가지면 안 되는지를 생각한다. 일반적으로 말하는 본업과 아르바이트로 이루어진 투잡이 아니다. 소속된 직장이 두 개이고 주 5일을 2일, 3일씩 나누어 일하는 형태다. 퇴근 후 혹은 주말에 하고 있지만 본업 외의 일로 치부되는 사이드 프로젝트까지 모두 내 일로 포함시킬 수 있다면? 내 욕망의 모양대로 시간과 노력을 투자하고 있는 모든 일을 나의 일이라고 부른다면 나는 어떤 사람일까 생각했다.

그런 질문들을 안고 홍진아는 'N잡러 대모험'을 시작했다. 자신의 욕망에 따라서 일을 조합한 유연한 프로젝트들이 유의미한 소득으로 돌아오고, 사회적이고 개인적인 의미로 가치를 획득하는 과정을 기록한다. '저는 N잡러입니다'라고 말하고, N잡의 의미를 설명하는 것부터 시작해서 N잡이 어떻게 기존과는 방식이 다른 일이 될 수 있는지, 직장인의 피로와 프리랜서의 불안을 모두 끌어안지 않으면서 자기 자신으로 일하려면 개인의 선택 이후 어떤 것들이 필요한지 고민한다.

N잡은 투잡이나 스리잡과 혼동된다. 프리랜서와도 혼동된다. 명함 한 장에 온갖 직함을 넘치도록 모아놓은 사람을 N잡러로 아는 경우도 많다. N은 단순한 숫자도 직함의 모임도 아니다. 소속 없음과 개인으로서의 계약을 기반으로 하는 프리랜서라는 상태와도 다르다. N잡은 평생직장과 정규직, 주5일 근무와 본업과 아르바이트, 정규직과 임시직이라는 일의 위계에서 벗어나 나의 일을 내가 구성하고 내 일에 내가 이름을 붙이면서 일하는 사람의 상상력으로부터 출발한 개념이다.

친구의 N잡 실험을 가까운 자리에서 지켜보면서 사람들이 이 실험에 대해 던지는 질문들을 듣는 일은 언제나 흥미로웠다. 일을 보는 관점을 바꾸자는 주제로 열린 강연 자리였다. 한 시간 가까이 N잡의 개념을 설명하고, 더 이상 하나의 일에 긴 시간을 투자해서 일하기도 어렵고 대부분의 직종에서는 반드시 그럴 이유도 없으며, 기존의 틀에 맞추지 않고 자기 욕망의 모양대로 일하려고 N잡 개념을 발명했음을 홍진아가 한참 이야기한 뒤에도 이런 질문이 나오기 때문이다.

"그렇게 다양한 일을 하면, 전문성이 없지 않을까요? 전문성을 쌓기 위해서는 장인 정신을 가지고 시간을 투자해야만 하잖아요."

여기에 말콤 글래드웰의 『아웃라이어』를 감동적으로 보신 분들은 꼭 '1만 시간의 법칙'을 인용해 질문을 던진다. 1만 시간의 법칙은 어떤 일에 전문가가 되려면 10년 동안 매일 세 시간씩 투자해 그 일에 경험을 쌓을 1만 시간이 필요하다는 주장이다. 성공하려면 1만 시간 정도는 투자해야 하는데, 지금 그렇게 온갖 일에 시간을 분배하다가는 어떤 일에도 집중할 수 없고, 따라서 한 분야의 전문가가 될 수 없지 않냐는 질문이다. 한국 최초의 N잡러는 인내심을 가지고 대답한다.

"N잡러로서 저는 전문성보다는 탁월함이 중요하다고 생각하고요. 장인이 되려고 한다면 당연히 시간이 필요하겠지만, 저는 모두가 장인이 될 필요는 없다고 생각하거든요."

그렇다. 모두 장인이나 달인이 될 필요는 없는 것이다. 전문성을 획득하는 데 시간이 절대적인 요소라는 발상은 한 곳의 직장에서 한 가지 일에 긴 시간을 투자하는 것이 가능했던 시대, 평생 직장과 직업이 존재했던 시대의 유산이다. 게다가 모두 성공할 필요도 없다. 1만 시간의 법칙은 성공의 법칙이다. 성공만이 일과 삶의 유일한 목표일 때는 '남들만큼 일해서는 남들처럼 살게 된다'는 이간질의 구호가 통했다. 직업과 직장을 동일시하는 교육의 흔적은 '적게 일하고 많이 버세요'가 덕담이 된 지금도 끈질기게 남아 있다.

모두가 유튜버가 될 수 없다면,
모두가 공무원이 될 수 없다면

이러한 분열은 세대 안에서도 어쩌면 더 치열하게 일어난다. 밀레니얼은 일의 조건이 나의 기대와 맞지 않고 일을 통해 자신이 역량을 개발하고 성장할 여지가 보이지 않는다면 기꺼이 퇴사를 택하는 개인이 늘고 있는 세대다. SNS를 통해 자신을 브랜딩하면서 새로운 방식으로 일할 수 있는 방법을 찾고, 시도하며, 앞으로 어떻게 일할 것인지 고민하는 개인도 많다.

하지만 앞서 몇 번이나 언급한 바와 같이 밀레니얼은 안정에 대한 갈구가 가장 큰 세대이기도 하다. 한국의 공무원 시험 준비생은 50여만 명에 달한다. 밀레니얼 세대를 넓게 보고 2030세대로 잡았을 때, 공시생 비율은 최소 5퍼센트, 일반적으로 취업 준비생 나이에 해당하는 35세 미만을 기준으로 본다면 7퍼센트에 육박한다. 대학생을 기준으로 했을 때는 다섯 명 중 한 명이 공무원 시험을 준비하고 있다는 통계도 있다.

낮은 합격률과 높은 시험 준비 비용 부담에도 불구하고 이들이 다른 시험이 아닌 공무원 시험을 준비하는 이유는 공무원만이 구조조정이 없는 고용 안정을 보장해준다고 믿기 때문이다. OECD의 2014년 통계에 따르면 한국은 65세 이상 노인의 상대적 빈곤율이 48.8퍼센트다.

OECD 국가 중 수치가 가장 높다. OECD 회원국 평균은 12.1퍼센트다. 까마득한 격차다. 아무리 열심히 노력해도 청년들의 취업은 어렵다. 중장년이 되면 구조조정의 공포에 시달린다. 그러다 노인이 되면 절반에 가까운 수가 빈곤층이 된다. 이런 나라에서 젊은 세대라고 뾰족한 수가 있을 리 없다. 고용 안정에 연금까지 보장되는 공무원을 선호하는 것은 생존 본능이다.

스스로 원하는 방식으로 살고 일하기 위해 모험과 실험의 불안한 세계 속에 자신을 던지는 이들이 있다면 그보다 더 많은 밀레니얼은 안정된 일상을 제공해줄 직업을 갖기 위한 준비에만 젊은 날의 대부분을 투자한다. 불안한 삶에서 벗어나기 위한 또 다른 길이 주어지지 않았기 때문이다.

중요한 것은 모두 유튜버가 될 수도 없고 모두 공무원이 될 수도 없다는 사실이다. 모두 정규직이 될 수도 없고, 모두 퇴사를 할 수도 없다. 더군다나 모두 창업을 할 수도 없다. 안정을 추구할 때의 선택지는 아주 좁다. 주어진 선택지 바깥을 바라볼 때는 불안을 감당해야만 한다. 그걸 잘 알기 때문에 대부분은 그사이 어디쯤에서 일하며 살아가고 있다.

체념으로부터 출발한 능동성,
포기로부터 시작된 창의성

모두 같은 형태로, 같은 방식으로 일할 수는 없지만 그
럼에도 이 세대에게는 일을 대하는 비슷한 태도가 존재하
는 것 같다. '어차피 안 된다면'이라는 가정에서 비롯된 태
도다. 비슷하게는 '어차피 이 돈을 받을 거라면'이라는 가
정이라고 바꿔 말할 수도 있겠다. 어차피 이렇게 적은 돈
을 벌거나 그마저도 취업이 어렵다면, 경쟁률이 높다고
해도 안정적인 삶이 보장된다고 여겨지는 직업을 선택하
자. 혹은 어차피 어디서나 수직적인 구조의 조직에서 일
해야 하는데 월급마저 이렇게 적다면, 차라리 퇴사를 하
자. 어차피 똑같이 적은 임금으로 일해야 한다면, 차라리
내가 하고 싶은 일을 하거나 내 커리어에 도움이 될 방식
을 스스로 찾아보자. 어차피 방법이 없다면, 방법을 만들
어보자.

기업의 신입사원 채용은 날이 갈수록 줄고 대졸 신입
사원의 연봉 수준은 변동이 없다. '경력 있는 신입'을 뽑는
다고 해서 온갖 스펙을 준비하지만 취업은 날이 갈수록
더욱 어렵고, 그렇게 어렵게 들어간 직장의 조직 문화는
개선될 여지가 보이지 않는다. 많이 일하면 많이 벌 수 있
던 시절에서 한 세기를 넘어왔는데도 여전히 많이 일하는
것만이 근면성실한 노동의 표본이라고 믿는 사람들이 윗

자리에서 버티고 있다. 정말 이 상황에서 오직 버티고 또 버티는 것만이 답일까? 아니면 반대로 퇴사하는 것만이 답일까?

일과 일자리에 대한 밀레니얼의 관점은 그렇게 단순하지 않다. 적응하고 싶지 않은 조직 생활이라 해도 돈벌이로서 일에 접근해 건조하게 감당하고자 하는 사람도 있다. 일에서의 효능감과 성장 가능성을 중시해 끊임없이 나에게 맞는 일, 나에게 맞는 조직을 찾아가려는 사람도 있다.

밀레니얼은 체념으로부터 출발한 능동성과 포기로부터 시작된 창의력으로 일한다. 어쩔 수 없다면 내가 하는 수밖에 없다. 여기가 끝이라면, 다른 방법이 보이지 않는다면, 새로운 길을 찾아내고 다른 방식으로 뚫어야만 한다. 적게 일하고 많이 벌 수 없다면 말이다.

우리는 사회 생활을 한 번도 해본 적 없으면서도 시대의 현자가 되어버린 종교인에게서 '상사가 기대하는 것보다 더 일해서 상사의 인정을 받으세요' 같은 조언을 들을 생각이 전혀 없다. 많이 일한다고 많이 벌 수 있는 것도 아니고 더 성장할 수도 없다면, 도대체 왜 많이 일해야 하는가? 우리는 노동의 절대적인 시간이 일의 질을 담보한다고 생각하지 않는다. 우리 세대가 많이 일한다면 그건 많이 일해야 겨우 먹고살 수 있기 때문이다.

그렇기 때문에 적게 일하고 많이 버는 것, 지속 가능한 수준으로 꾸준히 일하는 것이야말로 우리 세대의 목표다. 소비할 때는 어쩔 수 없이 가성비를 제일 중시하지만 우리를 '가격 대비 성능이 좋은 일꾼'으로 포장해서 파는 일은 거부한다. 공무원이 되든 유튜버로 살든, 우리가 알아서 할게요.

이 세대가 겪고 있는 일과 노동의 문제에 대해서는 나른 접근이 필요하다. 젊은 세대 상당수가 공무원 시험을 준비하고 있고 안정을 추구하므로 이들에게 필요한 것은 정규직 일자리일 것이라는 발상에서 나온 해결책은 반쪽짜리다.

일을 하는 사람 모두가 그러하듯이 우리 세대 역시 질 좋은 일자리를 원한다. 그러나 이 사회에서 정규직으로서의 질 좋은 일자리는 얼마나 되는가? 그 일자리를 밀레니얼에게 제공할 수 있는 위치에 있는 사람들의 승인을 받는 방식으로만 일자리를 얻어낼 수 있다면, 그 자리를 얻어내기 위해 서로 무한 경쟁을 해야 한다면, 그 승인의 절차마저도 공정한 기회로 여겨지지 않는 상황이라면, 그건 정말 좋은 일자리라고 할 수 있을까?

그런 의문을 가진 이 세대의 일부는 자신의 자리와 일터를 스스로 만들고 있으며, 스스로 성장하기 위해서 직장을 포기하는 선택을 두려워하지 않는다. 한 직장이나 직업에 머무르는 시간을 중시하지 않고, 자기 자신에게 의미있는 일을 하고자 하는 개인은 기업에 종속되지 않고 스스로 선택할 기회를 찾아나선다. 이런 개인은 앞으로 더욱 늘어날 것이다.

당장 프리랜서 작가로 일하며 한 팟캐스트에서 '비정규인'이라고까지 불렸던 나는 정규직을 원하지 않는다. 그러므로 나는 정규직 외의 비정규, 임시, 아르바이트, 프리랜서 등을 대충 묶은 뒤, 이런 방식으로 일하는 사람들을 다 정규직이 '못' 됐기 때문에 당연히 안정적인 삶을 획득할 수 없는 노동자로 여기는 사회적 시선과 이들을 배려하지 않는 노동 정책에 반대한다. 나는 당장 각종 세금이 원천징수되는 글 한 편을 쓰고 원고료를 받을 때마다 해촉증명서를 받지 않으면 프리랜서의 건강보험료가 올라가는 어처구니 없는 상황이 개선될 방안이 마련되었으면 좋겠다.

다양한 방식의 계약을 하며 일하는 사람들을 위한 합리적인 연금 책정, 대출 정책도 시급하다. 나는 공공 분야와 위험을 감당해야 하는 일을 외주로 떠넘기지 않는 나라, 안정된 복지 정책으로 모두 정규직으로 일할 필요가 없는 사회에 살고 싶다. N잡을 해나가는 사람들이 안정된 상태에서 나름의 모험을 펼쳐갈 수 있어야 한다. 소속 없는 예술가들을 포함한 프리랜서 상태의 직업인들이 자신에게 맞는 유연한 노동으로 각자의 일이자 사회에도 필요한 일들을 감당하면서 생계를 걱정하지 않아야 한다. 이것이 우리와 이 다음 세대를 위해 새롭게 고민되어야 할 노동 정책의 방향이라고 믿는다.

공무원이 아니더라도, 공기업에 다니지 않더라도, 정규직이 아니더라도, 일하는 개인 모두가 같은 시민이다. 그들 역시 사회가 시민에게 제공하는 복지 혜택을 누리며 안정된 상태에서 일할 수 있어야 한다. 그런 환경이 필요하다. 자신에게 맞는 일과 삶을 찾아가는 과정에 있는 사람들을 배려하고, 삶 안에 일이 있고 삶을 안정되게 만드는 일을 해나갈 수 있는 방법을 고민하는 시민으로 우리를 받아들여준다면 좋겠다.

'지저분한 이력서'가 의미하는 것

일의 전환에 대한 한 강연에서 '요새 젊은 사람들'에 대한 이야기가 나온 적이 있다. 취업이 이렇게 힘든 시대인데도 힘겹게 얻은 직장을 빠르게 관두는, 짧은 일 경력이 나열된 지저분한 이력서를 가진 사람들이라는 것이다. 일을 제대로 배우고 성장하려면 진득하게 버티는 힘도 필요하다는 말이 이어졌다.

나는 반대로 제대로 배우고 성장할 수 없다면 빠르게 도망치는 것도 중요하다는 말을 덧붙였다면 좋았겠다는 생각을 했다. 한 직장에서, 일터에서, 이전의 방식으로 운영되는 세상에서 배우는 것도 분명 있기는 있을 것이다.

그리고 그런 세상에서 더는 받아들여주지 않는 사람들도 분명히 있다. 그리고 거기 더는 머무르지 않고 싶은 사람도 있다. 모두가 다 그렇게 버티면서 성장하는 것은 아닌 것이다. 버티면 상하고 시드는 사람이 있다. 도망쳐 나와야만, 새로운 곳에서만 뿌리를 내리고 가지를 뻗을 수 있는 사람이 있다. 우리 세대의 지저분한 이력서는 사회와 우리가 같이 쓴 것이다.

얼마 전 경력이 중요한 한 지원서를 작성한 일이 있다. 지원서에는 지금까지 일한 시간을 계산해서 입력해야 하는 문항이 있었다. 간단한 수식을 적용해 계산하자 내가 지난 10년간 1만 4백여 시간 동안 글을 써왔다는 사실을 알 수 있었다. 깜짝 놀랐다. 왜 아직도 성공을 못했지? 1만 시간을 투자했는데?

1만 시간의 법칙은 시간을 투여할수록 점점 더 숙련되는 일이나 기술에 해당하는 법칙이다. 반복하는 과정에서 피드백을 적용해 또 다시 그 일을 해나가는 것이 이 법칙의 핵심이다. 내가 글쓰기를 계속해나가는 방식은 이 전제에 딱 맞게 부합한다. 그러나 거기에 몇 백 시간을 더 보태며 이 책을 쓰고 있는데도 성공에 대해서라면 여전히 잘 모르겠다. 그렇기 때문에 1만 시간 넘게 투자해도 반드시 성공하지는 않는다는 사례로 내 경우가 등장한다고 해도 별 수 없다.

사실은 괜찮다. 오히려 내가 되고 싶은 것은 다른 사례기 때문이다. 1만 시간을 일하고도 사회가 말하는 성공을 거두지 못했지만, 성공 여부와 상관없이 원하는 수준의 삶의 질을 유지하면서 꾸준히 일하는 여성이라는 사례다. 소속 없음을 택해 잉여의 노동을 한다는 이유로 프리랜서 예술가들에게 요구되는 가난과 불안을 기꺼이 받아들인 경우가 아니라, 성공해야만 보상이 주어지는 것이 당연하다고 여기는 고정관념에 질문을 던진 사례로 남고 싶다.

적게 일하고 많이 벌 수 있다면, 예기치 않은 성공으로 부와 명예 중 어느 것이라도 얻을 수 있다면 정말 좋을 것이다. 그러나 나는 성공을 정답으로 여기지 않고 적당히 일하고 적당히 벌면서 나라는 개인의 삶의 질을 조금씩 높여가며 살고 싶다. 꾸준히 일하면서 전보다 나아지고 있고 앞으로 나아가고 있다는 느낌을 받고 싶다. 그러나 지금 한국 사회에서 홀로 노동하면서 이렇게 살아가기란 불가능에 가깝다.

그러니 나는 이제부터 같이 적당히 일하고, 같이 적당히 벌면서, 더 많은 사람이 함께 더 나은 현실을 살아갈 방법에 대해 이야기하려고 한다. 우리 세대의 일하는 사람들 역시, 적게 일하고 많이 벌 수 없는 세상에서 적당히 일하고 적당히 버는 방법이 궁금할 테니까. 그 방법을 찾아가면서 일보다는 삶에서 버텨내는 것이 우리 세대의 몫이다. 1만 시간이 나에게 가르쳐 준 교훈이 있다면 바로 이것이다.

그리고 유튜브에 대해서는 계속 고민을 하다가, 어느 날 갑자기 시작했다. 동료와 함께하는 팟캐스트 '시스터후드'의 영상 버전을 올리면서 유튜브는 레드오션, 그중에서도 이미 이보다 더 짙을 수 없을 만큼 붉은 바다인 것을 알게 되었다. 겨우 백 단위의 구독자와 조회 수에서 지지부진하게 현상 유지를 하며, 오늘도 생각한다. 역시 늦었다고 할 때는 정말 늦은 것이지만, 늦더라도 해보고 나면 '유튜버나 될걸 그랬어' 같은 무책임한 말은 하지 않을 수 있게 된다는 것을.

미소에게

독립한 나의 첫 번째 방은 서울 강서구 화곡동의 보증금 천만 원, 월세 5만 원짜리 옥탑방이었다. 아직도 이 방에 대해서 말하면 월세를 정정해주려는 사람들이 있다.

"50만 원?"

"아니."

"15만 원?"

"아니. (손가락 다섯 개를 쫙 펴고) 5만 원."

그렇게 말해야만 믿는다. 세상에 그런 방이 있을 리가 없다고 생각하기 때문이다. 지금에 와서는 나조차 믿기지 않는 그런 방이 있었다. 12년 전 화곡초등학교 근처 3층짜리 주택 꼭대기에.

3층까지는 주택에 있는 평범한 계단으로 올라가고 옥상은 거기서 철제 계단을 밟고 270도 정도 돌아서 올라가야 했다. 그 계단을 떠올리면 아빠의 낡은 스타렉스를 타고 함께 그 옥탑방을 보러 온 친구가 계단 사이에 샌들이

걸려 굽이 빠진 일이 떠오른다. 이후로 그 옥탑방에 사는 내내 판자처럼 놓인 철제 계단 틈새로 발이 빠져서는 안 된다는 생각만을 하며 그 계단을 오르락내리락했다. 나는 매일 조심하며 살았다. 철제 계단을 오르면 그 끝에는 작은 문이 있었고 그 문을 열면 옥상과 방이 나왔다. 나름대로 구획을 한 분리형 옥탑방이있다. 문을 열면 싱크대와 가스레인지가 있었고, 정면에는 철제 미닫이문으로 열고 닫는 화장실이 있었으며, 현관 바로 옆 오른쪽 문을 열면 방이 나왔다. 방은 크지도 않았지만 지나치게 작지도 않았다.

처음 방을 봤을 때 나는 방이 휑하다고 느꼈다. 정말 아무것도 없었기 때문이다. 가구 하나 없는 직사각형의 방을 바라보며 나는 무슨 생각을 했던가? 작은 방이지만 나의 취향에 맞게 잘 꾸미면 괜찮을 거라는 작은 희망을 품었을까? 이 방을 떠날 때 내가 어떤 모습일지 생각했을까? 아니다. 낭만적이거나 감상적인 생각 같은 것은 도저히 할 수가 없었다. 내가 그 옥탑방을 보기 전에 앞서 보고 온 방이라는 것들은 정말 방조차 아니었기 때문이다.

그때 본 다른 방들은 다 기억이 아스라한데 뚜렷하게 기억나는 방이 있다. 현관을 열면 왼쪽에는 싱크대, 오른쪽에는 샤워기가 있는 방이었다. 샤워기는 어쩌다 거기에 있는 게 아니라 정말 샤워를 하라고 거기 달려 있는 것이었다. "여기서 어떻게 사람이 살 수 있나요?"라는 질문을 하는 것은 부동산업자뿐 아니라 딸의 독립을 위해 낼 수 있는 자금으로 '보증금 천만 원, 비정규직인 딸이 내게 될 월세는 최소'라는 조건만을 가지고 있던 나의 부모에게도 무례였다.

삶의 목록에 취소선을 긋는 마음

방조차 아니었던 그 모든 방마저 내가 가지는 것도 아니고 그저 빌릴 수 있을 뿐이라는 걸 깨닫고 그중 그나마 살 수는 있을 것 같은 옥탑방을 허겁지겁 계약한 그 여름날이 다시 떠오른 것은 〈소공녀〉를 보고 나서였다. 전업 가사도우미인 영화의 주인공 미소(이솜)는 월세를 올려 달라는 말에 재계약을 포기하고 대학 때 동아리 친구들 집을 돌아다니며 임시로 묵으면서 돈을 모은다.

"난 갈 데가 없는 게 아니라 여행 중인 거야."

캐리어 하나에 자기 짐 모두를 넣고 떠돌아다니는 상황에서 할 말인가 싶지만 사실은 그게 아니다. 미소의 말은 주문과 같은 것이다. 너무 추워서 섹스조차 할 수 없는 겨울 같은 시절이지만 지금은 임시일 뿐이며, 겨울이 지나면 봄이 오듯이 이런 상황은 곧 끝날 것이라는 주문. 여행은 반드시 끝이 있지 않은가.

그렇게 믿는다고 해서 미소가 걷는 길이 당당한 독립

여성의 자유롭고 희망찬 여정인 것은 아니다. 취향 때문에 집을 포기한 자의 낭만 여로인 것도 아니다. 미소가 걷는 길은 이토록 가난한 세상에서 적어도 나로 존재하면서 숨 쉬며 살아갈 수 있는 유일한 길이다. 미소도 그 여행을 끝내고 싶다. 그래서 미소는 매일 성실하게 일을 한다. 그 대가로 받은 일당에서 담배를 피우고 위스키를 마신 비용을 뺀 돈 전부를 성실하게 모아 방을 구하려고 한다.

그때부터 미소에게도 방조차 아닌 방들이 나타난다. 보증금이 줄고 월세가 줄 때마다 방은 더 높은 곳으로 올라가고 창은 더 작아진다. 그 창으로 보이는 풍경은 풍경이라고 말하기도 어렵다. 결국 미소는 자신이 가진 돈으로는 햇볕과 바람을 누릴 수 없다는 사실을 알게 된다. 그 화곡의 옥탑방을 보자마자 지하로 내려가거나 사람이 살수 없는 수준의 방을 택하지 않으면서 내가 누릴 수 있는 유일한 방이 그 옥탑방인 것을 알아챈 것처럼.

미소는 삶에 필요한 것들의 기나긴 목록 중에서 급하지 않은 것부터 하나둘씩 취소선을 긋는다. 나는 미소의 그 마음을 안다. 내가 지금 사는 곳에 오래 머물 수 없을 것이라는 확신이 있다면, 최소한의 투자만 해야 한다면, 당신은 무엇을 포기할 것 같은가? 내가 포기한 것은 커튼이었다. 일 때문에 책상은 포기할 수 없고, 잠은 자야 하니 매트리스(침대가 아니다)도 있어야 한다. 옷을 걸어두어야 하지만 옷장은 비싸고 공간만 차지하니 봉을 가로 세로로

얽어두기만 하면 되는 행거를 구매한다. 거기에 유일한 옵션이었던 가스레인지와 중고로 산 세탁기, 냉장고, 부모님 집에서 가져온 오래된 TV가 내가 가진 전부였다. 그 옥탑방에 머무르는 동안 나는 할 수 있는 최대한으로 벌었다. 그러나 수입은 겨우 식비만큼이었다. 어쩔 수 없이 최소한으로만 살았다. 커튼은 설치가 까다로운 데다가 꼭 필요한 것으로 느껴지지 않았다. 언제나 뒷전으로 밀려났다. 과연 얼마나 오래 한 장소에 살 수 있을 때 커튼을 달 만하다고 느낄까? 당장의 식비가 아닌 무엇인가에 돈을 쓸 가치가 있다는 생각이 들 날이 올까?

나와 같은 방식으로 누군가는 필수적인 가구를 포기하고, 또 누군가는 심지어 방을 포기한다. 혼자 사는 데 방 두 칸이 왜 필요하고 넓은 집이 무슨 소용이냐고 말하며 우리 세대가 살 집의 평수를 겨우 잠만 잘 수 있는 크기로 줄이고 계속해서 천장을 낮춰온 사람들은 도대체 왜 방에 들여놓을 가구는 사지 않냐고 묻는다. 우리 세대의 소비 방식이 바뀌어 제조업의 근간이 흔들리고 있으니 젊은 것들 때문에 경제가 위기라는 것이다.

그러면서도 그 방에 사는 사람들이 미소처럼 위스키를 마시면, 나처럼 커튼도 안 달면서 책을 사면, 가난한 주제에 염치를 모른다고, 사치스럽다고 말한다. 그 시절 내게 미소의 위스키와 같은 것은 책이었다. 나는 그 방에서라면만 먹어야 했던 한 철에도 책을 읽을 수 있었기에 겨우 살았다.

　그 시절의 나와 어딘가에 살고 있을 미소에게 왜 취향을 포기하지 않는지를 묻는 것은 늘 이상한 일로 느껴진다. 담배와 위스키는 누군가에게는 기호품이지만 미소에게는 생필품이다. 마찬가지로 내게 책은 그저 취향이 아니었다. 밀레니얼 세대가 필수적이라고 여겨지지 않는 무엇을 선택하면 왜 그것은 취향으로 받아들여지는 것일까? 그건 우리 세대가 비록 통장 잔고는 가난해도 가난하지만은 않다는 사실을 보여줄 수 있는 유일한 지표가 우리의 취향이기 때문이다. 가난하지만 눈이 높고, 하고 싶고 좋아하고 가치 있다고 생각되는 일에 돈을 쓰는 우리의 취향 말이다. 그러나 나는 책을 살 수 없을 만큼 가난하지 않다는 것을 보여주기 위해 책을 산 것이 아니었다. 미소도 마찬가지였을 것이다.

우리 세대의 용기

　미소가 욜로YOLO, You only live once를 즐기는 게 아니냐고, 위스키와 담배가 미소의 소확행(소소하고 확실한 행복)인 것은 아니냐고 묻는 사람들도 있다. 욜로와 소확행은 신조어에서 유행어가 되고, 광고에 사용되면서 오염된 대표 단어로 꼽을 수 있을 것이다. 그렇게 오염된 후에 이 단어들이 밀레니얼 세대의 소비 행태를 의미하게 된 것은 상징적이다.

욜로는 인생은 한 번뿐이니 자신이 행복해지는 일을 뒤로 미루지 말고 '지금' 하자는 데 방점이 찍힌 단어였다. 그러다 한국 특유의 '한 번 사는 인생, 미래는 신경 쓰지 말고 지금 즐기자' 같은 의미로 변질되면서 순간의 쾌락과 사치에 몰입하는 태도를 포장할 때 사용되기 시작했다. 무라카미 하루키가 처음 사용한 것으로 알려진 소확행은 꾹 참고 격렬하게 운동을 한 뒤에 마시는 맥주 같은 것, 작아 보이지만 내가 알고 있는 확실한 행복을 얻기 위해 참고 견디는 시간이 꼭 필요한 개념이었다. 그러나 이 맥락은 사라지고 오직 자잘한 소비로 충족하는 잠깐의 욕망들로만 남았다.

욜로와 소확행, 이 두 단어의 배경에는 불안정한 사회 경제적 상황과 여기서 연결되는 불투명한 미래가 있다. 이 한계를 인정하면서 갖게 되는 밀레니얼 세대의 욕망은 늘 소비를 부추기는 자본주의와 만난다.

지금 할 수 있는 일을 하는 것, 오늘을 유예할 필요가 없음을 기억하는 것 그리고 작다고 해도 내가 알고 확신을 가질 수 있는 행복을 찾는 것은 나쁜 일이 아니다. 물론 인생은 한 번뿐이라고 말하며 오늘을 탕진하는 것 그리고 오늘의 고통을 수많은 자잘한 소비로 대충 돌려 막는 것은 미래를 당겨 쓰는 일이라는 점에서 지양되어야 한다.

그러나 돈의 논리 앞에서 이 모든 것은 뒤섞인다. 그리고 밀레니얼 세대는 취향에, 오늘의 쾌락에 기꺼이 돈을 지불하는 세대, 크고 작은 소비의 주체로 다시 호출된다.

밀레니얼의 존재 가치는 오직 돈을 쓸 때만 인정되는 것 같다. 필수품이 아닌 소비재, 여행과 여가로 점철된 경험은 취향을 드러내는 상품으로 포장되어 팔린다. 그러나 그 모든 것은 가성비의 기준에서 적정선을 지켜야만 하는 것들이다. 욜로와 소확행의 의미를 오염시켜가면서까지 '탕진잼'의 풍토를 조성했던 사람들은 우리 세대가 그들이 생각하는 이상으로 고급 취향을 가진 것으로 보이면 곧바로 그것을 사치로 규정한다.

미소의 선택이 정말 취향이라고 믿는다면 그 취향을 보이는 그대로 존중해주어야 앞뒤가 맞다. 사람들은 개인의 취향이 주제를 넘는다고 느낄 때, 그러니까 가난한 주제에 처지를 모르고 걸맞지 않는 취향을 가졌다고 느낄 때는 쉽게 비난한다.

그들은 미소가 자기 경제 수준에 걸맞다고 여겨지는 소비만을 하길 원한다. 미래 따위는 잊고 오늘을 즐기며 돈을 쓰고, 작지만 확실한 소비의 행복으로 하루를 견디면서 또 돈을 쓰라고 말하면서, 가난한 현재에 그대로 머무르라는 이상한 명령. 그 명령 앞에서 생존을 위한 미소의 선택은 중요하지 않은 것이 된다.

나는 미소가 적어도 영화 안에서는 계속 살고, 버티고,

견뎌내 미래를 확인하기 위해서 담배와 위스키를 선택했다고 생각한다. 삶에 더는 무엇인가를 더할 수 없고 오직 빼는 것만이 허락된 상황이라면, 이 뺄셈에서 방을 잃는 것이 너무나 큰 손실인 것은 당연하다. 그러나 미소의 삶에서는 담배와 위스키를 빼게 되면 현재의 일부를 잃는 정도가 아니라 삶 자체가 마이너스가 되는 것, 그렇게 사라져버리는 것은 아니었을까.

미소는 사랑하는 어떤 것도 존재하지 않는 일상을 사는 자신이 계속 살아남을 수 있으리라고 믿지 않는 것처럼 보인다. 자기 자신으로 살아남고 계속 살아가기 위해 미소에게 반드시 필요한 것이 담배와 위스키라면, 그걸 손가락질할 수는 없다. 〈소공녀〉는 위스키를 계속 마시고 담배를 끊지 않으면서, 자기 취향을 지키며 텐트에 사는 일이 멋지니까 그대로 그렇게 살라고 권하는 영화가 아니다. 적어도 나는 아니라고, 이 영화의 가치는 그게 아니라는 데서 생겨난다고 말하고 싶다.

현실의 미소에게

영화가 끝난 자리에서, 나는 미소가 20대 여성 청년인 것을 다시 생각한다. 처음 영화를 봤을 때 나는 미소의 선택을 낭만이라고 말하는 사람들, 특히 미소가 주제에 맞지 않게 사치를 하고 있다는 의견에 맞서서 미소의 상황과 선택을 변론하고 싶었다. 미소가 '이해되지 않는다'는 말에 미소의 선택을 윗세대가 이해하지 못하는 것은 당연하며, 그들의 이해가 굳이 필요하지도 않다는 이야기를 들려주고 싶었다. 고정값으로 정해진 가난을 이유로 모든 사람이 생활의 필수품만을 소유하고 살아갈 수는 없고 그래서도 안 된다. 미소가 성실하게 일하는 한, 위스키와 담배를 포기하지 않고도 방다운 방을 가질 수 있어야 한다. 그러나 이 사회는 미소에게 인간의 존엄성을 유지하고 살아갈 만한 방을 주지 않았고 미소는 인생에서 필수로 여겨지는 것들에 하나씩 취소선을 그을 수밖에 없었다.

그런데도 끝내 마음에 걸린 것은 미소가 20대 여성, 곧 이 사회의 일원들을 출생연도와 성별로 나누었을 때 가장 적은 돈을 벌고 가장 많은 위험에 노출되어 있으며 가장 불안하고 우울한 계층이라는 사실이다. 영화 속 미소는 타인의 집을 전전하며 이상하고 때로 위험하게 느껴지는 경험도 하지만, 영화를 보다 보면 미소에게 현실의 범죄와 같은 방식의 나쁜 일이 벌어지지 않으리라는 사실을 알 수 있다. 영화의 감독은 미소를 끝까지 보호한다. 영화의 관객으로서 그건 매우 안심이 되고 고마운 선택이다. 그러나 실제 20대 여성 청년들의 일상에는 이들을 보호해 줄 존재가 없다. 누군가 미소와 같은 현실에 처해 있다면 이들의 안전을 담보하기는 매우 어렵다는 사실을 우리는 모두 알고 있다.

그렇다면 과연 영화 속 미소가 아닌 현실의 미소에게, 현실에서 저소득 노동을 하면서 주거안정권을 획득하지 못한 채로 불투명한 미래를 바라보고 있는 20대 여성 청년에게 우리는 계속 그렇게 살라고, 집 없이, 정처 없이, 최소한의 방식으로만 숨 쉬고 머물라고 말해도 되는 것일까?

나는 영화를 처음 본 이후로 꽤 오랫동안 미소와 과거 20대의 나를 당사자로 두고, 다음 달의 생존을 염려하지 않아도 되는 30대의 나의 눈으로 그들을 거리를 두고 바라본 것 같다. '미소도 어딘가에서 잘 살고 있겠지'라고 말했던 영화 속 미소의 지인들처럼, 미소를 일종의 사회 바깥에 사는 사람으로 두고 적극적으로 손 내밀기를 포기한 것은 아니었을까.

영화 속 미소가 아니라 현실의 미소에게라면, 우리는 '위스키와 담배를 포기하지 않아도 괜찮아'라고 말하기에 앞서 '더 안전한 곳으로 가자'는 말을 먼저 해야 한다. 자기 자신을 알고, 염치를 알고, 세상과 타협하지 않으려는 미소에게, 너의 용기 있는 선택이 진짜 용기로 남으려면 무엇보다 살아남아야 한다고 말해주어야 한다. 그러기 위해 건강해져야 하고, 위스키와 담배 없는 내가 존재하지도 않는 사람일 것만 같아 두렵다고 하더라도 안전하게 살아남기를 선택해야만 한다고 말이다. 살아남아야만 위스키를 마실 수 있고, 담배를 피울 수 있고, 누군가를 해치지 않으면서도 나로 존재할 수 있다는 것을 확인할 수 있을 것이기 때문이다.

나는 이왕이면 미소가 위스키와 담배를 포기하지 않고도 서울에서 살아남았기를 바란다. 그건 옥탑방에서 유일하게 책만을 늘려가던 10년 전의 나를 향한 바람이기도 하다. 다행히도 나는 내가 버텨냈다는 것을 안다. 이후로 나에게 많은 일이 있었지만, 미소에게도 있을 테지만, 우리가 여행이라고 믿으며 버텨온 시간들은 결국 끝이 날거라고 미소에게 말해주고 싶다. 끝나지 않는다 해도, 살아내보자고. 지금의 여행이 생각보다 조금 길어진다고 해도, 어쩌면 삶을 가난한 여행자로만 살아가는 것이 우리의 운명이고 남은 미래라고 하더라도, 살아남아야만 그운명이 내 것인지 아닌지 알 수 있을 테니까.

우리의 미래는 불투명하지만 거기 분명히 있으므로, 우리가 해야 할 일은 안개를 헤쳐나가며 미래를 오늘로 만들어가는 것이다. 불투명하므로 보이지는 않지만, 우리의 미래가 오직 어둡고 차갑고 불행하기만 한 것도 아닐 수 있다는 것을 알고, 결정되지 않는 미래를 향해 나아가는 일이 우리 세대의 용기다. 그게 더 나빠지는 방향이거나 천천히 소멸해가는 길이라 할지라도 결국 살아남아 우리 미래를 보는 것이 우리 세대가 해야 할 가장 중요한 일이라고 믿는다. 미소가 결국, 그걸 해내기 위해 건강해지기를 바란다.

바람이 불어오는 곳

〈소공녀〉의 영어 제목은 'microhabitat(미소서식지微小棲息地)'다. 미생물처럼 눈에 보이지 않지만 꼭 거기 살아 있어야 하는 정말 작은 존재들, 그러니까 이 사회의 미소들이 살고 있는 곳을 의미하는 제목일 테다.

내 옥탑방도 그랬다. 서른 직전의 나는 옥탑방 외부에 붙어 있던 보일러실에서 우연히 호랑이(고양이가 아니다)를 발견해서 기르게 되는 한 20대 여성(모델이 나인 것은 당연하다)의 이야기를 소설로 쓰다 말다 하다가 결국 이야기를 끝내지 못한 채로 그 방을 떠나왔다. 오직 옥상만 쓸데없이 넓었던 그 옥탑방에 어느 날부터인지 살고 있는 호랑이를 키우는, 그 집을 거쳐 간 사람들의 이야기다. 여름에는 해가 질 때까지 방에 들어갈 수 없을 정도로 덥고 보일러를 끄면 실내 온도가 모든 게 얼어붙기 직전까지 떨어질 만큼 춥지만, 그런 방에서 살아가는 와중에도 어쩌다가 자신에게 맡겨진 생명을 최선을 다해 키우고, 자기가 그 방을 떠나갈 때를 대비해서 다음 사람을 위해 호랑이 양육 지침서를 성실히 쓰는 사람들. 세상이 그들을 알아채지 못해서 호랑이를 들키지 않고 보호할 수 있었던 사람들의 이야기를 쓰고 싶었다.

그들의 이야기를 끝내지 못하고 넣어둔 지 8년이 지났다. 나는 지금도 여전히 어디에도 삶의 거처라는 것을 만들지 못한 채 떠돌고 있지만, 어쨌든 방에 커튼은 달 수 있는 사람이 되었다.

그 옥탑방을 떠나온 지 얼마 지나지 않아 친구에게 웃기도 울기도 어쩐지 애매하게 느껴지는 소식을 들었다. 내가 살던 옥탑방이 〈인간극장〉에 나왔다는 것이다. 한 청년이 내내 반지하에만 살다가 도저히 못 살겠다며 서울의 월세 저렴한 옥탑방을 찾아다녔고, 그가 찾은 후보 중 하나가 내가 살았던 그 화곡동의 방이었다고 했다. 내 방인 줄 어떻게 알았느냐고 했더니, 자신이 앉아 담배를 피우던 평상을 봤단다. 커튼도 없던 그 옥탑방에 뜬금없게도 평상이 있었다. 그것도 튼튼한 목재로 단단하게 만들어진 새 평상. 옥탑방에서 그리 멀지 않은 곳에 살던 이모가 조카에게 독립 선물로 주고 싶다며 이모부에게 부탁해 직접 짠 수제 평상이었다.

그 위에서 나는 라면을 먹었고, 친구들이 찾아오면 삼겹살을 구워 먹거나 커피를 마시기도 했다. 담배를 피우는 친구들은 그 평상을 정말 좋아했고, 〈인간극장〉 소식을 알려준 친구 역시 내 방에 들를 때면 평상에서 하늘을 보며 담배를 피우곤 했다. 화곡동을 떠나오던 날, 도로 신고 간다고 해도 놓을 데가 당연히 없었기 때문에 평상은 옥탑 옥상에 두고 오기로 결정했다. 이사 첫날 그 평상에 앉아 이모 가족과 삼겹살을 구워 먹은 기억 때문인지 엄마가 못내 아쉬워했지만 어쩔 수 없는 일이었다.

거기 여전히 평상이 있는 모양이었다. 나는 물었다.

"그래서? 그 사람이 내 방을 선택했어?"

"그건 모르겠어. 끝까지 안 봤거든."

이번에는 애매하지 않게 웃을 수 있었다. 그 사람이든 아니든 평상은 다음 사람이 잘 쓸 거야. 적어도 그 방에는 햇볕이 잘 들고 비록 앞집과 너무 가깝긴 해도 옥상에는 바람이 부니까 미소가 끝내 살지 않은 그 방들 같지는 않을 것이다. 다음이, 또 그다음이 누구였든, 내가 호랑이 대신 평상을 남겨두고 온 그 방을 거쳐 간 모든 사람이 커튼을 꼭 달았기를. 언젠가 건강해진 미소가 살게 될 방도 그렇기를. 앞으로는 나 역시 어떤 방에 가든 커튼을 달 테니까 말이다.

여자들은 먼저, 같이 미래로

"페미니즘이 내 삶에 정말 큰일 했다."

나는 지난 1년간 이 말을 두 번 했다. 처음은 2018년 여름 안희정 전 충남도지사가 1심에서 무죄 판결을 받았을 때다. 소식이 전해지자마자 친구들과 화를 내고 분노한 뒤에 말했다. 지금 화가 나는 건 어쩔 수 없지만 이제부터는 밥을 더 잘 먹고 운동도 더 열심히 해서 더 건강한 사람이 되어서 계속 싸우자고. 이길 때까지 해보자고. 나는 비장한 사람이 아니었고 오기가 있거나 끈질긴 사람도 아니었다. 2015년 이전이었다면 나는 이런 판결이 내려지는 나라에 살고 싶지 않다고 생각했을 것이고, 어떤 수를 써서든 여기를 떠나고야 말겠다고 다짐했을 것이 틀림없다.

2018년의 나는 확신이 있었다. 페미니즘이 계속 이기고 있고, 여자들은 계속 나아가고 있으며, 나아가려는 여성들을 향한 많은 공격과 시간을 되돌리려는 움직임이 있을 테지만 그 모든 걸 딛고 여성들이 먼저 미래에 도착하게 될 것이라는 확신. 그리고 그런 미래는 마땅히 도래하여 반년 뒤 2심 유죄 판결을 거쳐 이후 대법원에서도 유죄 선고를 받게 된다.

그리고 2019년 이른 봄, 헌법재판소에서 낙태죄 헌법불합치 판결을 내렸을 때 나는 다시 한 번 되새기듯 말했다. 페미니즘은 내 생각과 행동을 바꾸었고, 우리는 또 크고 작은 승리를 이어가고 있다고. 페미니즘이 정말 내 삶에 큰일을 했다고. 세상은 다시 좋아질 리 없고 너희는 이미 망했다는 소식을 듣고 살아온 우리 세대에게, 나에게, 페미니즘은 유일한 좋은 소식이다.

페미니즘이라는 좋은 소식

이 시대의 새로운 복음을 믿지 않는 사람이 있을 수 있으니 2015년 이야기부터 해야 할 것 같다. 시작은 언제나 미약하다. 어느 남성 칼럼니스트가 'IS보다 무뇌아적 페미니즘이 더 위험하다'는 제목으로 칼럼을 기고한 2015년 봄만 하더라도 그 위험한 페미니즘이 이토록 창대히 뻗어나갈 줄은 몰랐을 것이다. 이 칼럼에 대한 반발로 트위터를 중심으로 뻗어나간 #나는_페미니스트입니다 해시태그 운동을 통해 나를 포함한 많은 여성은 '나는 페미니스트는 아니지만'의 상태를 벗어던질 수 있었다. 그리고 메르스(중동 호흡기 증후군) 전염 사태가 한국 젊은 여성의 '무뇌아적 행동' 탓에 커졌다는 여성혐오에 반발하며 생겨난 디씨인사이드 메르스 갤러리의 미러링은 메갈리아를 탄생시켰다.

그리고 2016년 강남역 여성혐오 살인 사건이 벌어졌다. 이 사건을 계기로 여성혐오에 대한 반발, 미러링을 통한 유구한 가부장제에 대한 반격, 한국 사회를 살아가는 페미니스트로의 각성은 온라인 기반에서 오프라인으로, 젊은 세대 여성 전반으로 확산되었다. 이 사건을 통해 피해자와 같은 세대인 여성들은 그 화장실의 여성은 언제든 내가 될 수 있었고 앞으로도 그런 일을 당할 수 있으니, 지금의 나는 '우연히 살아남았다'라는 뼈 아픈 진실을 깨달았다.

한국 사회 전체에 페미니즘과 혐오가 중요한 화두로 떠오른 것도 이때부터다. 이 시기를 지나며 밀레니얼 여성들은 사회에서 일상적으로 벌어지는 사건을 공유하며 한국에서 여성으로 살아가고 있는 자신의 위치를 자각했다. 그러면서 페미니즘을 생활의 운동으로 받아들이고 있다. #○○_내_성폭력 해시태그를 통해 사회 전반에 만연한 강간 문화와 여성 폭력을 고발했던 한국 여성의 목소리가 세계적인 #MeToo(미투) 흐름과 닿는 큰 물결의 흐름 속에서, 이제는 각자의 위치에서 자기 언어로 페미니즘을 정의하고 페미니스트로서 살아가기 위해 고민하는 목소리들이 커지고 있다.

페미니즘이라는 단어만 들어도 어마어마한 공격에 직면한 줄 아는 같은 세대 남성들을 상대할 때 우리 세대 여성들은 단단하게 뭉친다. 하지만 페미니즘을 실천과 운동으로 받아들이는 방식과 방법론에서 세대마다, 개인마다인식 차가 뚜렷하다. 『82년생 김지영』으로 상징되는, 한국사회에서 여성으로서 겪는 공통의 경험이 있다. 또 사회경제적 상황과 현실에 따라 개인이 겪는 경험도 있다. 그러니 자기 위치에서 페미니즘을 말하게 되는 것이 당연하고, 인식 차가 생기는 것도 자연스러운 현상이다. 인식뿐아니라 실천도 마찬가지다. 2015년에서 2016년을 기점으로 비슷한 고민을 하며 자신을 페미니스트로 정체화했다해도 삶에서 실천하는 방식이나 정도는 각자 처한 사회적위치, 나이, 배경 등에 따라 다를 것이기 때문이다.

나는 이 다름을 인정하고 자신이 원하고 옳다고 믿는길로 가면서 갈라지는 이 과정이 우리에게 필요하다고 생각한다. 우리는 갈라졌다가 때로 함께 목소리를 내야 할때 만날 수 있다. 또 각기 다른 주장을 펼치며 논의할 수있다.

페미니즘을 사회를 변화시키는 운동으로, 페미니스트를 눈에 보이는 실천을 하는 사람으로 더 좁게 정의할 필요가 있다는 주장이 있다. 나 역시 이런 주장을 완전히 부정하지는 않는다. 그러나 한국 사회에서는 페미니즘, 페미니스트라는 단어를 사용하는 것만으로 공격을 받거나 불이익을 받는 위험을 감수해야 한다. 그렇다면 조금 느리거나 덜 치열하게 보여도 개인의 삶에서 페미니즘을 실천하고자 애쓰는 여성이라면, 스스로를 페미니스트로 정의하는 것이 서로에게 더 힘이 된다. 적어도 현재 한국 사회에서는 페미니스트로 살아가기로 결심했고 삶에서 페미니스트로서의 실천이 따라와야 한다고 믿는다면, 그는 페미니스트이며 우리는 서로를 그렇게 불러주어야 한다.

제사 크리스핀의 『그래서 나는 페미니스트가 아니다』는 패션이나 소비로서의 페미니즘을 버리고 실천과 운동의 측면에서 더 좁은 의미로 페미니스트를 재정의해야한다고 촉구하는 책이다. 읽고서 여러 질문이 많이 남는 책이었지만 내가 생각하는 운동으로서의 페미니즘을 설명할 수 있는 문장이 있어 밑줄을 그어두었다.

페미니즘은 운동이고 운동이어야 한다. 가만히 있는 것에 대한 변명도 아니고, 그렇게 되어서도 안 된다. 그러나 당신이 따라야 하는 것이 오로지 당신 자신의 명령이라면, 순환논리의 오류에 빠질 뿐이다. 모든 것은 합리화될 수 있고, 모든 것은 어떤 식으로든 페미니즘에 걸맞게 된다.
원칙이나 철학적 세계에 따라 자신의 인생을 살며, 자신과 사회가 더 앞으로 나아가도록 애쓰지 않는다면 그러한 원칙이나 세계관의 목적이란 대체 무엇인가? 드워킨이 너무 멀리 나간 게 아니다. 우리가 충분히 멀리 나가지 못한 것뿐이다.✦

　'성별에 따른 차별이 없어야 한다고 생각한다면 당신은 페미니스트'라는, 범위가 넓은 정의가 통용된 때도 있었다. 이제는 그 단계에서 더 나아갈 필요가 있다. 페미니스트라면 여성으로서 개인의 삶이 실제로 나은 방향으로 변화하고, 그 개인으로서 여성이 살고 있는 사회가 그 변화를 따라올 수 있는 방법을 고민하고 생활 속에서 실천해야 한다. 이 점에 동의한다면 각자 다른 속도로, 다른 길로 가고 있더라도 우리는 모두가 같은 방향으로 가고 있는 것이다.
　여기에 더해 이 책이 남긴 또 하나의 질문이 있다. 제사 크리스핀은 "피상적 수준의 현대 페미니즘의 실태"를 비판하면서 "흔히 페미니즘의 성공 지표로 언급되는 것이 가부장적 자본주의의 성공 지표와 같다는 사실에만 주목하면 된다. 달리 말해 돈과 권력"이라고 언급한다. 미국의 페미니스트들이 돈과 권력에 더해 "낭만적 사랑을 감정적 보상뿐 아니라 사회적-물질적 보상과 연결"지으며 또 다

✦　제사 크리스핀(2018), 『그래서 나는 페미니스트가 아니다』, 유지윤 옮김, 북인더갭, 72~73쪽.

른 성공의 지표로 여기는 것이 문제라는 것이다.

크리스핀은 미국 페미니스트들이 낭만적 사랑과 결혼을 갈망하고, 그런 사랑과 결혼을 자기 역량을 강화하는 것으로 받아들인다고 주장한다. 내가 알고 있는 한국의 상황과는 분명하게 차이가 있다. 한국에도 자기 역량을 강화하고 권력을 획득하자고 주장하는 페미니스트들이 있다. 그러나 이들은 한국 남자와의 낭만적 사랑에서 최대한 멀리 떨어져야 한다고 주장한다. 비연애-비섹스-비혼-비출산을 주장하는 이들은 대체로 후배 밀레니얼과 1995년 이후 출생한 Z세대에 그 수가 집중되어 있다. 2015년 이후 한국의 페미니즘이 가부장제와 그 열렬한 수호자로 여겨지는 한국 남성에 대한 분노를 동력으로 삼아 달려가는 과정에서 같은 세대 남성들의 격렬한 반발에 부딪혔기 때문이다.

이런 상황에서 한국의 젊은 여성 페미니스트들이 택한 운동의 방법론은 자기 스스로 역량을 강화해 권력을 획득하는 것이다. 한국 남성들을 철저하게 보호해온 뿌리 깊은 가부장제 속에서 살아남고 다른 여성을 끌어올리고자 하는 여성들이 택한 합리적인 선택으로 봐야 할 것이다. 크리스핀의 주장대로라면 '결혼하기 싫을 정도로 잘난 여자'가 되기 이전 단계에서 멈춘 듯 보이는 서구 페미니스트들과 한국 사회의 특수성 안에서 살아가야 하는 한국의 페미니스트들은 한참 떨어져 있는 것처럼 보인다.

살기 위해 페미니즘

그렇다면 나의 질문은 이것이다. 이런 상황이라면 오히려 한국의 젊은 페미니스트들이 정상가족과 이성애 중심주의에서 벗어난 대안을 제시할 가능성을 가진 것은 아닐까? OECD 국가 중 성별 임금 격차가 가장 큰 한국은 출산율이 가장 낮은 나라이기도 하다. 전문가의 분석에 의하면 한국의 저출산 문제는 체제 붕괴나 경제 위기 같은 뚜렷한 원인 없이 지속되고 있다. 그러니 여기서 알 수 있는 단 하나의 원인은 눈으로 보이지는 않지만 한국 사회를 살아가고 있는 젊은 여성들은 자신이 살아가는 현실을 체제 붕괴나 경제 위기, 전쟁만큼이나 심각하게 감각하고 있다는 사실이다.

강남역 여성혐오 살인 사건은 한국 사회에서 페미니즘은 여성 생존의 문제라는 점을 일깨웠다. 2018년 여름, 최악의 폭염 아래 여성 수만 명이 몇 차례 모인 이유가 불법 촬영물과 사이버 성범죄 때문이었다는 사실은 무엇을 의미하는가. 가정 폭력과 데이트 폭력이 일상을 침범할 때, 폭력이 살인까지 간 사건들을 하루가 멀다 하고 마주해야 할 때, 한국 여성들은 차별을 좁히러 가기도 전에 공포와 위험을 느낀다.

'한국 여성에게 페미니즘은 생존 문제'라는 표현은 비유도 과장도 아니다. 이런 사회에 살면서도, 아니 어쩌면 이런 사회에 살기 때문에 페미니즘을 포기하지 않고 삶 속에 가장 치열한 질문으로 안고 살아가는 한국의 젊은 여성들이야말로 새로운 시대의 새로운 페미니스트로 다시 조명되어야 하는 것은 아닐까?

나는 내게 허락된 지면 안에서 페미니즘에 대한 글을 쓸 때마다 임금 차별에 대해서, 유리 천장에 대해서, 더 많은 젊은 여성이 자기 목소리를 내고 정치를 해야 하는 필요성에 대해서 쓰고 싶었다. 그러나 매번 성범죄에 대한 이야기, 남성에게 죽임을 당한 여성의 이야기를 쓰게 된다. 대개의 여성이 당한 범죄와 소수의 여성이 저지른 범죄 양쪽에서 모두 여성은 여성이기 때문에 차별 받는다. 한국 사회에서 여성은 법 앞에 평등하지 않은 일을 자주 겪고, 나는 그 선명한 격차에 대해서 쓸 수밖에 없다. 이런 상황 속에서도 언제나 여성을 돕는 여성이 있고 그래서 서로를 구하는 여성들에 대해서도 글을 쓸 수 있다는 것을 그나마 다행으로 생각해야 할까.

나는 모두 같은 무기를 들고 같은 방식으로 싸워야 한다는 주장에 동의하지 않는다. 그러나 사회와 남성 권력의 거대한 역공에 굴하지 않고 자신이 쥔 무기를 가지고 여성의 삶에 대해 고민하며 싸우고 있는 페미니스트가 있다면, 그게 누구라도 힘을 보태주고 싶다.

나는 한국의 젊은 여성 페미니스트들이 각자의 언어로 서로 부딪히고 논의하는 지금 이 순간에도, 지난 몇 년간 이 사회의 지독한 여성혐오를 여성으로서 함께 지나온 기억 안에서 페미니스트로서의 신뢰를 서로에게 간직하고 있다고 믿는다. 여기서 내가 해야 하는 일은 아직 경제적 안정을 획득하지 못한 30대 비혼 여성으로서, 나의 위치에서 고민하며 발언하는 것뿐이다. 그리고 조금 머뭇거리게 되는 순간이 온다고 해도, 여성을 돕는 여성으로 남는 것이다.

우리는 서로를 구할 수 있다

그런 의미에서 내가 기억하는 또 다른 순간이 있다. 2017년 여름의 어느 날이다. 호식이두마리치킨 전 회장에게 여직원 성추행 혐의가 제기되고 얼마 지나지 않아 사건의 목격자인 여성이 어느 라디오 인터뷰에 응했다. 사건 당시 피해 여성 노동자는 호텔 로비에서 앞서가던 여성들에게 도움을 요청했고, 이 여성들은 도망치는 피해자를 쫓으려는 가해자를 피해자에게서 떼어내고 피해자가 경찰에 신고하는 것까지 도움을 주었다.

그런데 사건이 보도되고 현장 CCTV가 공개되자 목격자들은 심각한 악플에 시달려야만 했다. 피해자와 목격자들을 하나로 묶어 회장의 돈을 뜯어내려는 사기단이 아니냐는 의심부터 목격자들 개인의 신상에 대한 근거 없는 추측까지, 추려낸 것만 A4용지 백 장이 넘는 분량이었다고 한다.

내가 정말 놀란 것은 악플의 양이 아니었다. 그런 이야기를 다 들은 라디오 진행자가 그럼 만약 한 달 전 그 순간으로 다시 시간을 돌린다면 똑같이 행동했겠느냐고 물었다. 목격자는 잠시 머뭇거리고는 곧 대답한다.

"했을 거는 같아요."

이 대답만큼 나를 놀라게 한 것은 없었다. 머뭇거린 그 짧은 순간에 목격자의 머릿속에는 자신과 친구들, 피해자뿐 아니라 가족에게까지 쏟아진 어마어마한 양의 악플과 이로 인한 상처가 지나갔을 것이다. 그럼에도 같은 일이 벌어진다면 피해자를 돕겠다고 말한다. 바로 피해자 여성의 눈에서 "절박함"을 봤기 때문일 것이다.

이 절박함은 같은 여성이기 때문에 발견할 수 있는 것이다. 몇 년 전 나는 늦은 밤 취객에게 위협받는 한 여성의 손을 붙잡고 역이 있는 곳까지 함께 도망간 적이 있다. 지하철 열차 안에서 잠든 여성 승객의 몸을 몰래 만지려는 남자를 발견하고 큰 소리를 내 여성 승객을 깨운 일도 있다. 여성을 대상으로 하는 각종 범죄가 만연한 이 나라에서, 작은 손짓과 입 모양, 눈빛으로 모르는 여성에게 도움을 요청하고 또 조심스럽게 그 도움에 응답하는 일은 생각보다 드물지 않다. 강남역 여성혐오 살인사건 이후 친구가 화장실에 갈 때면 그 앞에서 보초를 서며 지켜주던 여성들은 또 얼마나 많았는가.

이 나라의 뿌리 깊은 가부장제가 만들고 미디어가 유포하는 '여자의 적은 여자'라는 억지 틀에 자신을 가두지 않고, 사회의 약자로 동지 의식을 가지며 할 수 있는 한 서로를 도우려는 여자들은 어디에나 있다.

일상생활만의 문제가 아니다. 탁현민 전 청와대 행정관의 여성 비하와 관련한 논란에 여당 남성 의원들이 침묵할 때, 쏟아질 비난을 각오하고 목소리를 낸 것은 여당의 여성 의원들이었다. 여성 의원들 역시 그 비하와 혐오의 당사자이며 한국 사회에서 수많은 남자와 함께 일하고 있는 여성이기 때문이다. 술자리에서조차 해서는 안 되는 말을 책에 버젓이 실어 출판하고도 어떤 남자는 대선 후보가 되고, 어떤 남자는 청와대 행정관으로 일할 수 있는 곳이 바로 한국이라는 것을 여자들은 다 알고 있다. 여성이기 때문에 받는 차별과 이유 모를 악의, 예상치 못한 위험에 노출될 때 곁에 있는 여자들의 손을 붙잡을 수밖에 없다.

어쩌면 그건 본능이다. 나 역시 낯설고 또 익숙한 얼굴을 한 여자들의 도움으로 오늘도 무사하다. 다행히도 무사한 우리는 지금까지 그래온 것처럼 하나의 목소리로 외치다가도 때로 다른 관점을 제시하고, 서로를 비판하고, 그렇게 각기 다른 길에서 싸워나갈 수 있을 것이다. 그렇게 다른 길에 있어도 언제든 서로에게 손 내밀 준비는 되어 있다고, 미래에는 모든 길이 어디선가 만나지듯이 예상치 않은 날에 또 만날 수 있을 거라고 나는 믿고 있다.

그 길에서 우리가 해야 할 중요한 일은 우리의 변화를 기록하는 일이다. 여성의 역사는 중요한 것이 아니라고 여겨져서 기록되지 않으며, 결국 지워지거나 무가치한 것으로 여겨져왔다. 과거를 발굴하고 현재를 기록해서 미래를 새로 써나가야 하는 것이 밀레니얼 페미니스트의 과제다. 차별과 혐오의 언어들, 증오의 이야기들, 남성의 언어와 시선으로만 쓰여진 수많은 이야기들 위에 우리의 이야기를 쌓아간다면, 미래에 올 여성들은 우리가 쓴 이야기를 먼저 보게 될 것이기 때문이다.

그러니 나 또한 내가 할 수 있는 여성으로서의 나의 이야기를 다시 써보겠다.

나는 1983년 서울에서 태어났다. 아빠는 내가 딸인 것에 실망하지 않았지만 그건 이미 아들이 있었기 때문이었다. 목소리가 크고 나서기 좋아하던 내게 주위 사람들은 "남자로 태어났으면 큰일을 했을 것"이라고도, "여자애가 기가 세서 문제"라고도 했다. 고등학교 전교 회장 선거 때는 함께 출마한 남학생이 나더러 유세가 요란스럽다며 "저러다 불리하면 옷이라도 벗겠지"라고 말했다. 대학때는 MT 때 친구 옆에서 술에 취해 내내 치근덕대는 선배를 제지했다가 다음 날 그의 친구에게 "이 사건으로 대자보 쓰지 말라"는 위협을 들었다. 3년 동안 준비했던 취업 시험에는 결국 합격하지 못했는데, 내가 지망했던 직종이 여성을 거의 뽑지 않아서인지 그냥 나의 역량이 부족해서 인지는 아직도 정확히 알지 못한다. 서른이 넘어 워킹홀리데이 비자로 호주를 1년 다녀온 나를 두고 누군가 엄마에게 "남자들은 외국 물 먹은 여자를 싫어한다"고 말했다고 한다.

여기까지는 내가 한국 사회에서 여성으로 살며 겪어온 구체적인 차별의 역사 중 일부다. 내가 『82년생 김지영』을 보고 썼던 기록은 여기서 끝났다. 이제 나는 이 다음에 대해서 이야기하고 싶다.

네가 살게 될 내일은 달라야 하므로

글 마감 노동자로 일하며 한국을 떠나는 것만을 목표로 삼고 있던 2015년, 나는 한 남성 코미디언이 예능 프로그램에 함께 출연한 여성 방송인에게 '설치고 떠들고 말하고 생각하는 게 싫다'고 한 말을 들었다. '설치고 말하고 생각하라'라는 구호가 담긴 에코백을 만들기로 결심한 건 순전히 그 말 때문이었다. 누군가 여성이 말하고 생각하는 존재라서, 그러니까 인간이라서 싫어한다면 당신이 싫어하는 그 존재가 바로 나이며 인간이라는 사실을 겉으로 드러내 보여줄 수 있는 무언가를 만들고 싶었다. 10년 지기 친구와 에코백, 티셔츠, 파우치 등을 만들어서 판매하면서 수익 일부를 여성단체에 기부했다.

2017년에 공개된 내가 쓴 첫 드라마의 주인공은 여성이다. 권력을 가진 중년 남성에게서 '호감 가지 않는 여성'이 주인공인 이야기라는 평가를 들었다. 그 평가가 마음에 들었다. 호감 가는 사랑스러운 여성 말고 나와 비슷하게 복잡하고 까다로우며 욕망하기를 포기하지 않는 여성의 이야기를 더 많이 써야겠다고 생각하고 있다.

2018년 여름, 벌교의 여자 고등학교에 가서 여성들에게 강요되는 외모지상주의를 주제로 강연을 했다. 걸그룹 사진을 자료로 사용하지 않았고, 메이크업을 하지 않았다. 또 소녀를 위한 페미니즘 입문서에 기고한 내용 중 일부가 자본주의 시장 중심의 페미니즘에 대한 충분한 고민 없이 썼던 것은 아니었을까 반성하고 있다. 비혼에 대한 에세이를 쓰면서 비혼 여성의 삶에 대한 고민을 시작했고, 생활동반자법과 기본소득에 대해서 계속 공부하려고 한다. 색칠 놀이를 좋아하는 2013년생 조카에게 컬러링 일러스트와 함께 실린 여성 위인의 이야기가 담긴 책을 선물했다. "훌륭하고 멋진 일을 한 사람들인데, 다 여자들이야." 나는 꿈을 그려온 이 여자들의 이름을 서른이 넘어서 알게 되었지만, 여섯 살에 그들을 알게 되고 그 꿈을 색칠해 본 너는, 네가 살게 될 내일은 다를 거야.

이건 김지영 씨와는 같고도 다른 83년생 윤이나의 이

야기다. 그리고 차별받고 배제되고, 혐오를 겪은 데서 끝나지 않고 지금도 이어지고 있는 이야기이기도 하다. 이제는 나는 나와는 다른 여성의 삶과 이야기를 찾아가보려고 한다. 내 바깥에서 더 많은 여성이 직접 자신의 언어로 전하는 그들 자신의 이야기를 듣고 싶다. 서로에게 이야기를 들려주며 서로에게 공감하는 것을 넘어 차별과 공포, 희생의 기억을 다음 세대 여성에게 물려주지 않기로 함께 다짐할 수 있다면, 노력하는 서로에게 도움이 된다면 더욱 좋을 것이다.

그렇게만 될 수 있다면 페미니즘이 우리 모두를 구원하지는 못할지라도, 우리의 미래는 구원할 수 있을지 모른다. 비가 쏟아졌던 강남역에서, 불보다 뜨거웠던 혜화역에서, 우리가 언젠가 무표정하게 스쳐 지났을 도심의 복잡한 지하철역이 밀레니얼 페미니스트들에게 다른 의미의 공간이 되었던 순간마다, 이런 시대에도, 어쩌면 이런 시대이기 때문에 더 나아질 수 있고, 서로를 구원할 수 있을지도 모른다는 생각을 했다.

아직 쓰이지 않은 미래를 현재로 살아가게 될 여성들이 지금 우리가 살고 있는 세상보다 더 나은 세상에 살아야 한다는 사실에 동의한다면, 함께 그 미래로 먼저 가보고 싶다면, 이제는 당신이 이야기를 들려줄 차례다.

전성기가 없어서 다행이야

사람들마다 각자 나이를 가늠하는 방법이 다를 것이다. 내게 기준은 2002년이다. 한일 월드컵 때문이라고 생각하겠지만 꼭 그렇지는 않다. 아무리 내가 해외 축구 팬이라고 해도 월드컵을 기준으로 삼을 정도까지 빠져 있는 것은 아니다. 가끔 2011년이라는 말을 들으면 '아, 2011년이라면 우리 팀이 트레블(스페인 리그, 스페인컵, 챔피언스리그 3관왕)을 한 해니까 나는 그때 하남 엄마 집으로 들어간 상태였고' 같은 식의 연상으로 기억을 떠올리는 경우가 있기는 하지만 딱 그 정도다.

2002년이 기준이 되는 이유는 그해가 한국에서 법적으로 성인이 된 해이기 때문이다. 2002년에 몇 살이었는지를 알면 나이가 가늠이 된다. 상대의 나이를 모른 채 데이트를 하다가 '2002년에 중학생이었는데' 같은 말을 들으면 흠칫 놀라는 식으로.

친구들과 2002년 이야기를 하게 된 것은 추억을 되새

기기 위해서는 아니었다. 한국 축구가 여전히 2002년에 빠져 있다는 문제 때문이었다. 앞으로 월드컵이 열릴 때마다 'Again 2002'라는 구호를 보게 될 것이라는 것이다. 어쩌면 월드컵이라는 국가 대항 축구 대회가 열리는 한 저 구호를 보게 될 수도 있다. 북한이 1966년 월드컵 8강을 지금까지 이야기하는 것을 보면 역시 한민족. 반세기 정도는 거뜬할 것 같다. 게다가 자국에서 열린 대회에서 오른 4강 아닌가. 1980년대 후반과 90년대의 어떤 시절을 복고와 추억으로 포장해 히트한 드라마 시리즈가 또 다른 시기를 선택한다면 역시 2002년일 것이라는 이야기도 있다. 2002년이 응답하라는 부름으로 소환해야 할 만큼의 과거가 되어버린 게 어색하기도 하지만, 여러 세대가 함께 추억을 되짚어야 할 시기라면 역시 2002년만 한 때도 없을 것이다. 같이 그때 이야기를 하던 친구가 물었다.

"너는 2002년으로 돌아갈 수 있다면 돌아가고 싶어?"

나는 숨도 안 쉬고 대답했다.

"아니."

정말 아니다. 나는 돌아가고 싶은 시절 같은 것은 없다. 친구가 다시 물었다.

"근데 그때 뛰던 선수들은 그때로 돌아가고 싶겠지? 그때가 인생의 전성기였을 거 아니야."

대부분 그럴 것이다. 그 시절이야말로 선수들에게는 "영감님의 영광의 시대는 언제였죠? 난 지금입니다!"라는

『슬램덩크』의 명대사를 패러디할 수 있는 절호의 기회, 절호의 시기가 아닌가. 패러디를 할 수 있는 것만큼은 정말 부럽다고 생각하다가 문득 궁금해졌다. 나는 왜 그때로 돌아가고 싶지 않은 걸까? 친구가 대답했다.

"그 사람들은 그때가 전성기지만 우리는 아니잖아."

맞는 말이다. 하지만 나는 그게 아니라도 굳이 꼭 돌아가고 싶은 시절은 없는데? 친구는 다시 묻는 내가 한심하다는 듯이 대답했다.

"바보야. 우리는 전성기가 없잖아."

아. 맞네. 우리는 전성기가 없지! 나는 이걸 '전성기 이론'이라고 부르기로 했다.

어느 한 시절로 기억되는 사람

2002년의 월드컵 스타들처럼 자기 삶에서 전성기를 경험한 사람들은 어디에나 있다. 그리고 그들 중 많은 숫자는 전성기를 추억하는 것으로 나머지 삶을 보내며 기회가 되면 그 시절로 돌아가고 싶어 한다. 방송에서 보정까지 해서 추억해주거나, 과거의 노래를 끊임없이 틀어주는 것도 당연히 좋아한다. 50~60대와 그 이상 세대에는 '왕년에 내가'로 시작하는 레퍼토리를 가진 사람이 아주 많을 것이다.

우리는 전성기를 경험한 뒤 영원히 전성기 시절에만 살고 있는 사람을 맛집만 가도 볼 수 있다. 맛집 벽에 붙어 있는 사인을 통해서. 얼마 전 나는 친구와 함께 동네 생선 구이집에 갔다. 상권이라 할 것도 없는 위치에 자리한 평범한 가게로 보였는데 꽤 유명하단다.

"얼마 전에 방송에도 나왔거든요. 여자 코미디언 한 명이 생선구이 먹고 싶을 때 가는 식당이라고요."

그런데도 어느 방송국 어느 프로그램에 나왔다는 현수막이나 광고판, 캡처 액자가 덕지덕지 붙어있지 않은 것이 마음에 들었다. 대신 사인 몇 개가 코팅되어 벽에 붙어 있었다. 별 관심이 없어 벽을 등지고 앉아 있는데 유심히 벽을 보던 친구가 말했다.

"뽀식이? 뽀식이라고 써 있는 거예요?"

정말 뽀식이라고 써 있었다. 개그맨 이용식 씨 사인이었다. 뽀식이라니. 비록 내가 최근에 만난 20대 여성이 '영자의 전성시대' 시절 이영자를 모른다는 점에 큰 충격을 받은 일이 있긴 했지만 뽀식이는 달랐다. 그가 뽀식이가 누구냐고 물었다면 '아 당연히 모르겠죠'라고 말할 정도로 뽀식이는 정말 오래된 별명 아닌가. 검색을 해보니 이용식 씨는 지금도 종합편성채널 건강 정보 프로그램에 패널로 출연하면서 우리 세대와는 좀 먼 리그에서 열심히 현역으로 뛰고 계시다. 왜 이렇게 극존칭을 쓰게 되었느냐면, 방금의 검색으로 이용식 씨가 우리 엄마와 나이가 비슷하다는 걸 알게 되었기 때문이다.

1952년생인 그가 칠순을 목전에 두고도 현역으로 방송 일을 하고 있음에도, 뽀식이라고 사인을 할 수밖에 없는 이유는 무엇인가. 뽀식이 시절이 그의 전성기였기 때문이다. 그와 비슷한 세대의 누군가는 그를 여전히 뽀식이로 기억하면서 뽀식이라고 해야 알아보고 알아들을 것이기 때문에.

이용식 씨는 여전히 활발하게 일하며 자신의 삶을 잘 살아가고 있지만 전성기 시절로부터 잘 내려오지 못한 사람은 생각보다 많다. 원래 내려오는 것은 올라가는 일보다 어렵다. 전성기 이후로 잘 내려오지 못한 사람은 결국 그 시절에 머무르거나, 그 시절이 돌아오기를 기다리면서 살게 된다. 전성기를 잘 누리고 그 시절을 잘 떠나보낸 이들만 가질 수 있는 품격이 있는 윗세대를 만난 적도 물론 있다. 좋았던 시절만 추억하는 대신 오늘을 좋은 시절로 만들어가고 있는 사람도 많을 것이다.

하지만 그렇게 살지 못하고 여전히 왕년에 살면서 모두가 성장하던 시대와 자신의 전성기를 구분하지 못하고 그 시절의 기억으로 오늘과 젊은 세대를 바라보면 아주 자연스럽게 '꼰대'가 된다. 전성기라는 것이 이렇게 무서운 것입니다 여러분. 덧붙이자면 이 전성기 이론이 딱 들어맞게 적용되는 경우는 대부분 남성이다. 한국 사회에서 여성은 이영자가 아닌 다음에야 개인으로서 전성기를 경험하기 어렵다. 한국 사회에는 여성 개인이 수많은 차별을 딛고 겨우 자신의 능력을 펼쳐보이는 아주 특수한 경우를 들어 유리 천장을 깼다고 말하고, 여성의 전성기는 나이에 달려 있다고 믿는 사람이 많기 때문이다.

'망했다'는 말이 너무 입에 붙어서

여하튼 나에게는 전성기가 없다. 앞으로도 찾아올 것 같지 않다. 나 개인으로서도 그렇지만 세대로 보아도 마찬가지다. 우리 세대는 촛불 이후 권력을 쥔 사람들이 '잃어버린 10년'이라고 부르는 시절에 청소년기와 청년기를 보냈다. 시절의 혜택이 개인에게 나누어지던 시절은 새천년에 앞서 사라졌다. 이전이라고 특별히 좋았거나 더 나아지고 있다는 느낌을 받은 적이 없는데, 세상이 좀 더 나빠진다는 소식이 서둘러 전해져왔다. 좋았던 어느 시절보다 나빠진 것을 체감했다기보다는, 정말 소식으로 전해 들었던 것이다.

전해 듣고 나서는 늘 두려웠다. 언제든 세상이나 나 둘 중에 하나는 망할 것만 같았다. 10년 전에는 '우린 안 될 거야, 아마'가 입버릇이었다. 정말로 우리는 안 될 거라고 생각했다. 곧 망하거나, 사실은 이미 망했다고도 생각했다. 모두 그렇다고 했기 때문이다. 더 나아질 것이라고 말하는 사람은 한 명도 없었다. 누군가 그렇게 말했다고 해도 거짓말처럼 들렸을 것이다. 어떤 의미에서는 거짓말이었을 수도 있다. 숫자들이 정확하게 망하는 길을 가리키고 있었기 때문이다. 2002년을 즐긴 죄로 망한 세대의 선두에 서 있는 느낌이었다. 이럴 줄 알았더라면 대학로에서 거리 응원을 하지 않는 건데! 아니다. 이왕 이렇게 될 거였다면 대학로 거리 응원 정도는 추억으로 남겨져 있는 게 나을 수도 있다. 그렇지만 인생에서 남겨진 추억 거리가 빨간 티셔츠를 입고 국가대항전 응원에 동원되어 도로를 점거하고 소리지르는 기억인 것은 너무 슬프지 않은가.

이후로도 계속 망했다는 이야기만을 했고, 망하거나 망하기 전에 모든 것을 불태우는 이야기를 썼다. 그런 시각으로 세상을 봤다. 망했다고 말하는 것은 쉽기도 했고, 망했다고 말하면 현실을 냉정하게 제대로 보고 있는 것처럼 느껴졌다. 미래에 대해 별 다른 준비를 할 생각이 없었다. '어차피 망할 건데, 뭐!' 하는 생각은 좋은 알리바이가 되어주었다. 그때 내가 입버릇처럼 쓴 단어는 각자도생이었다. 어떡하죠? 태어나서 살아가다 보니 세상이 망해 있네요? 그러니 우리는 각자 자기만 믿으면서 자기 무기를 가지고 살아봅시다. 남의 인생까지 책임질 수는 없는 일 아니겠습니까?

정말, 끝난 건가?

언제부터인가 좀 이상하다는 생각이 들었다. 우리는 정말로 망했을까? 망했다는 것의 기준은 과연 무엇일까? 우리는 애초에 망할 만큼의 무엇인가를 가져본 적이 없는데, 왜 자꾸 우리가 망했다고 하는 것일까? 열심히 해도 안 되겠지만, 그래도 열심히 하라고 하면서 끊임없이 우리를 경쟁하게 만드는 목소리는 어디로부터 들려오는 것일까?

내가 제일 궁금한 건 망했다면 이제 어떻게 해야 하는지에 대한 것이었다. 실제로 우리 세대가 망했다면, 안 될 거라면, 우리는 이 망한 세상에서 어떤 방식으로 살아가야 하는가? 앞선 세대의 선생들이 우리에게 들려준 메시지는 오직 '세상은 계속 나빠질 것이므로, 하필이면 이 시대에 그 어떤 기반도 없이 어른이 되어버린 너희들은 망했다'는 것뿐이었다. 그래서 도대체 어쩌라는 말인가? 경제 발전의 수혜를 입어 나는 지금 집 한 채가 있고 IMF 여파에도 취업은 됐으므로 일단 직장에서 버티고 있을 수 있으니, 나는 일단 괜찮은데 너네는 딱하게 됐다는 말인가? 젊은 친구들이 월세가 비싸서 고통받는다니 안 됐지만 그 오피스텔은 내 것이고 월세는 밀리지 말라는 말인가? 아니면 너네도 힘들겠지만 소상공인인 우리들도 아프고 힘드니까 좀 참으라고 하고 싶은 건가?

우리 세대는 더 이상 한 시절, 대체로 신체와 정신이 청년으로 분류되는 어떤 시절에 전성기를 누리고 그 시절에 번 돈과 영광으로 살아가는 인생을 누릴 수 없다. 애초부터 그런 삶이 허락된 적이 없었다. 그런데 자꾸 추락한 자기 세대의 경험에 우리를 대입하고, 나아질 가능성조차 차단된 시대에 태어나 망하기로 예정된 세대라고 불러버리니, 어리둥절할 수밖에 없었다.

그래서 뭐, 망했으니까 막 살라는 건가요? 아주 높은 확률로 출생지, 출신 학교, 부모의 소득, 현재 나의 소득을 기준으로 미래도 결정되어버리니까요? 부모도 아니고 조부모의 자산으로 소득이 결정되고, 양극화는 더욱 심해져만 갈 테니까 차라리 그냥 포기하라는 건가요? 아니면 망한 시대를 살아가기 위해서 준비를 하라는 건가요? 무엇으로 준비를 하면 되나요? 최저임금을 시급 8천 원대로 올려준 것에 감사하면서 이 돈으로 어떻게든 살아보면 될까요? 이런 시대를 만든 게 우리인가요? 비록 매일 밤샘 마감을 해서 뇌 속 해마가 좀 파괴가 되긴 했겠지만, 아직까지는 괜찮은 저의 기억력에 의지해 떠올려보면 저는 원래 이런 세상에서 자라났는데요?

지금이 어떤 시절의 끝, 그 이후라는 것은 안다. 기술의 발전도 자연 환경과 기후의 변화는 막지 못할 것이다. 권력과 부를 가진 인간의 이기심이나 잘못된 판단에 지구의 운명이 바뀔 확률도 높아졌다. 하지만 아직 정말 끝이 찾아온 것은 아니다. 그저 전 세계적으로 보았을 때, 특히 한국이라는 나라의 현재를 생각했을 때 더 많은 수의 사람이 더 나아진 미래를 기대할 수 있었던 시기가 끝났다는 의미일 뿐이다. 이게 세상이 완전히 망했다거나 끝났다는 걸 의미하지는 않는다. 물론 세상은 곧 끝날 수도 있다. 나는 얼마 전에도 사실 지구 종말 시계가 30초 더 흘러가 종말을 의미하는 자정으로부터 2분 전인 11시 58분에 맞춰졌다는 것을 보고, 가능하다면 좀 빨리 멸망한다 해도 나쁘지는 않을 것이라고 생각했다. 그러나 언제 종말이 오든 그때까지도 누군가는 살아 있을 것이다. 나 또한 살아 있을지 모른다. 살아 있는 한은 살아가야 한다. 인생은 야구도 축구도 아니며 이기고 지는 것도 없지만, 어찌 됐든 인용하기에는 좋은 스포츠 격언을 가져와보자면 "끝날 때까지는 끝난 게 아니다."

우리는 경제적으로 성장이 더딘 시대에 살고 있고, 어쩌면 성장이 끝나고 더 가난해질 일만 남은 시대를 살아가야 할지도 모른다. 이런 상황이라면 각자도생의 세계에서 열심히들 살아남으라는 말을 전하는 일이 멋져 보일 수 있다. 다 끝났다거나, 다 틀렸다거나, 희망이 없는 세상에서 소멸해가라는 말이 더 유혹적으로 들린다.

그러나 같이 나아질 방법을 생각해보자고 하는 것이 더 성숙한 태도가 아닐까? '우리에겐 희망이 없어'라는 말을 하고 싶다면 다음 세대인 너희에게라도 희망이 있어야만 한다는 말, 그걸 위해서 지금 여기서 노력하겠다는 말이 따라와야 한다. 적어도 이 사회가 분류한 기준에서 어른에 해당된다면 세상이 이렇게 되어버린 것에 책임감을 느껴야 한다.

정확히 하자. 죄책감이 아니라 책임감이다. 대한민국에 살고 있는 30대 후반에 접어든 여성으로서 나는 오늘의 세상에 분명한 책임감을 느끼고 있다. 그런 말을 덧붙이지도 않고 자신들의 세대도 아닌 우리에게 '너희에게는 희망이 없다'거나 '너희는 망했다'고 하는 말을 나는 듣지 않기로 했다. 어차피 안 된다는 말이나 애를 써도 달라질 게 없다는 말 역시 마찬가지다.

희망의 이유

나에게 미래가 있다는 사실을 가르쳐주고 책임감을 느낀다면 행동해야 한다고 생각하게 한 것은 나보다 젊은 여성들이다. '우리에게는 지금보다 더 나아진 세상이 필요하다'는 구호를 나는 성차별에 반대하는 여성들에게서 처음 들었다. 당연하게 여겼던 차별에 대한 질문도, 우리가 바뀌면 세상도 바뀐다는 말도 그들에게서 들었다. 나에게는 그게 바로 희망이다.

"희망을 가져야 하는 이유는 우리가 질지 이길지 모르기 때문입니다."

2017년 가을 한국을 방문한 작가 리베카 솔닛은 몇 차례의 강연에서 거듭 희망에 대해서 말했다.

"희망이라는 것은 미래에 어떤 일이 펼쳐질지 아직 모른다는 믿음에 근거합니다. 아직 미래가 쓰이지 않았다는 것, 불확실성이 존재한다는 것에 근거하죠. 이것이 결국에는 우리가 미래를 쓰는 과정에 참여할 수 있는 여지를 줍니다."

우리에게 남은 유일한 희망은 미래가 아직 정해지지 않았다는 사실, 그리고 우리가 그 미래를 쓰는 과정에 있다는 것뿐이다. 이 말은 결국 우리가 빛을 향해 걸어갈 때에만 이 어둠을 벗어난 빛 속의 미래를 가질 수 있다는 의미일 테다.

우리는 미래를 모른다. 모두에게 각자의 정해지지 않은 미래가 있는 한, 적어도 망하지는 않았다. 그러니 얼마나 다행인가. 우리에게 전성기가 없다는 것이 말이다. 우리는 그때가 좋았다는 말을 하는 대신 정해지지 않은 미래를 충실히 써나가는 것으로 희망을 남겨둘 수 있다. 우리는 돌아가고 싶은 시절도 없고, 실은 그 정도로 오래 살지도 않았다. 전성기가 없었으므로, 우리는 좋았던 과거를 추억하며 영원히 그 시절을 불러오고 또 다시 불러오며 뒤로 가지 않을 수 있다.

나는 올라갈 수 있다고 쓰는 대신 앞으로 갈 수 있다고 썼다. 얼마 전 친구와 대화를 나누다가 내가 하는 일을 통해서, 일상에서 '좀 더 나아진다는 느낌, 올라간다는 느낌'을 받고 싶다는 이야기를 했다. 친구가 물었다.

"그런데 꼭, 올라갈 필요가 있을까요?"

대체 난 어디로 가는 게 올라가는 길이라고 믿은 것일까? 일을 통해서 더 높은 소득이나 명예를 얻을 수 있고 이름을 알릴 수 있다면 그게 올라가는 거라고 생각했던 걸까? 내게는 언제나 막연한 추락의 공포가 있었다. 일을 멈추거나 쉰다면 어디론가 떨어져 다시는 올라오지 못할 것 같은 막연한 불안감이다. 경제적으로는 언제든 빈곤층이 될지 모른다는 공포였으며, 사회는 내 울타리가 되어줄 수 없고, 어려운 상황에서 가족은 도리어 부담을 서로에게 더하는 존재가 될지도 모른다는 두려움이었다. 가뜩이나 당장 내일, 다음 달의 상황을 예측하기 어려운 작가라는 직업을 가진 것도 문제였다.

불안을 감당하고 살아야 하는 방식을 택했기 때문에 나는 살아남기 위해서 해야 하는 일이 나를 조금 더 높은 곳으로 올려놓는 것이라고 믿었다. 사회는 아래부터 무너지기 때문에 위로 올라갈수록 내게 더 단단한 울타리가 주어질 것이라는 본능적인 판단이었다.

특히 경제적인 기준에서 그러했다. 정상 가족을 꾸리지도 않았고 소속도 없기에 모든 복지와 혜택에서 후순위에 놓인 위태로운 개인으로서 내가 살아남을 수 있는 방법은 어떻게 해서든 나 하나 정도는 책임질 만큼의 경제적인 기반을 획득하는 것, 오직 그것뿐이라고 생각했다. 개인의 유능함, 노력으로 극복하는 서사를 언제나 경계해 왔다고 생각하면서도 나라는 최소 단위의 불안 앞에서는 나 자신만을 생각한 것이다.

이제는 안다. 개인, 특히 여성이 획득해야 하는 경제적 인 기반의 중요함과는 별개로, 나에게도 역시 필요한 건 혹시 떨어지더라도 많이 다치지 않을 튼튼한 바닥이라는 것을. 이왕이면 이 바닥은 넓어서, 예기치 않은 삶의 파도 가 몰아친다고 해도 굴러 떨어지지 않아야 한다. 아무리 많은 사람이 서 있다고 해도 무너지지 않아야 한다.

나는 모두가 비슷한 수준으로 다 같이 불행하고 다 같 이 가난하게 살자고 말하고 있는 것이 아니다. 가장 낮은 위치가 할 수 있는 한 가장 높이 올라와 있는 사회야말로 미래가 있는 사회라고 말하고 있는 것이다. 가장 가난하 고 가장 약한 상태라고 해도 인간으로서의 존엄성을 유지 할 수 있어야 한다. 우리에게는 다음 세대에게 인간다움 을 간직하고 살아가기 어려울 정도로 나쁜 상황까지 내 려가지는 않는다는 믿음을 심어줄 책임이 있다. 사회적인 약자가 더 단단한 보호를 받는 것이 당연하며, 누구도 바 닥 없이 추락해서는 안 된다는 당위에 시민들이 합의한 사회에 살게 해야 한다.

나는 그렇게 같이 가게 될 길을
내리막이라고 부르지 않겠다

그런 바닥은 어떻게 다져갈 수 있을까? 나는 이 바닥을 단단하게 할 디딤돌로 먼저 기본소득을 놓아보고 싶다. 기본소득은 프리랜서나 가난한 예술가들을 위한 것이라는 편견이 있다. 생존에 꼭 필요하지 않은 것으로 여겨지는 잉여의 노동들 앞에서, 숫자는 한층 더 가혹해진다. 경제 활동 인구의 평균은커녕 그 반의반에도 미치지 못할 소득으로 잉여의 영역을 감당하고 있는 이들에게서 기본소득의 상상력이 출발한 것은 어쩌면 당연한 일이다. 그러나 기본소득은 결코 예술가들만을 위한 것이 아니다. 유예의 상태에 머물고 있는 밀레니얼만을 위한 정책도 아니다. 기본소득은 모두를 위한 것이다. 기본소득은 결국 사회 구성원 개개인 모두에게 지급되어야 한다. 기술이 발전한 미래에 덜 일하게 될 보통 사람들을 위한 복지이며, 모두가 인간다움을 유지하며 계속 살아갈 수 있게 하는 하나의 방법으로 고안된 것이기 때문이다.

우리 세대가 먼저 가난해졌으나 실업과 양극화로 인한 고통은 비단 한 세대의 것만은 아니다. 최소한의 생활이 가능한 수준의 소득은 인간을 인간으로 만드는 필요조건이다. 적어도 생계는 유지할 수 있는 기본적인 소득이 따라올 때, 인간은 인간다워진 상태로 사고할 수 있고 행동할 수 있다. 일에서, 사회에서, 세대 교체를 가능하게 하는 것은 결국 미래가 있느냐 없느냐에 달려 있다. 갓난아이도 노인도 미래가 준비되어 있을 때 다음 발자국을 내딛을 수 있는 것이다. 기본소득은 그 미래를 만드는 단단한 기반이다.

그러니 가난한 예술가나 기본소득을 주장한다는 편견은 버리고 다시 생각해보자. 물론 이 말을 지금 가난한 예술가가 하고 있으므로 설득력이 없으리라는 것은 안다. 그러나 기본소득이라는 것이 나의 삶에 적용된다면 그게 어떤 의미일지에 대해서, 어떻게 내 삶을 바꿀지에 대해서 편견없이 한 번씩만 상상해보았으면 한다.

BIYN(기본소득청'소'년 네트워크)에서 2015년 11월 진행한 '내가 기본소득을 받는다면?'이라는 조사가 있다. 여기에 답한 87개 응답을 보면 기본소득이 밀레니얼이 현재 겪고 있는 문제와 밀접하게 닿아 있다는 것을 알 수 있다. 특히 이 중 '기본소득을 받는다면 하지 않을 것'이라는 질문에 대한 답변은 많은 것을 말해준다.

저임금의 불안정한 일자리를 거부할 것이고, 장시간 노동을 거부할 것이며, 저질의 소비를 하지 않을 것이라고 답했다. 기본소득을 받는다면 하고 싶은 일을 상상하는 것만큼 하고 싶지 않은 일을 상상하는 것도 중요하다. 그게 더 나아지는 삶을 향해 가는 방법일 것이고, 그게 또한 미래를 가지는 방법일 것이기 때문이다.

'한 번뿐인 인생YOLO'은 사실 현재를 유예하지 말고 오늘의 나를 챙기라는 말이었지만 마치 미래가 없는 것처럼 살아보라는 조언인 것처럼 변질되었다. 지금 내가 손에 쥔 것들이 나의 미래에는 종잇조각이 되어버릴지 모른다면, 오늘의 욜로는 그저 '탕진잼'일 뿐이다. 우리 세대는 미래를 꿈꾸거나 고민할 수 있을 정도의 경제적, 시간적 여유를 가져본 적이 없다. 미래는 공포영화의 예고편처럼 곧 무서운 일이 벌어지리라는 분위기로만 존재했기 때문이다.

우리는 정말 그런 미래만을 향해서 가고 있는 것일까? 우리에게는 정말로 다른 미래를 살 기회가 주어지지 않는 것일까? 할부로라도, 아니 구독이라도 해서 다른 미래를, 나아지는 미래를 봐야 하는 건 아닐까?

이 질문으로부터 시작해 나는 밀레니얼답게도 구독과 멤버십 서비스에 대한 나의 고민과 기본소득을 엮어 상상을 펼쳐보기로 했다. 기본소득을 멤버십 서비스라고 생각해보자는 것이다. 다들 우리가 국가에게 돈을 내고, 국가가 제공하는 무엇을 받는 구도를 떠올렸을 것이다. 그게 지금 우리가 살아가는 방식이기 때문이다. 우리는 세금을 내고, 국가는 복지와 사회적 안전망을 제공한다. 내가 생각하는 것은 그 반대다. 국가가 국민에게 기본소득을 멤버십 구독비용으로 지불하고, 미래를 사는 것이다. 어떤가? 비효율의 끝을 달리고 있는 저출산 정책보다 훨씬 나은 방식이 아닌가?

우리 세대가 국가에 제공할 수 있는 것은 단 하나, 미래뿐이다. 그 미래가 오직 출산으로 인한 미래 노동력이라고 판단하는 일은 이제 정말로 시대착오적인 일이 됐다. 인류의 미래는 덜 일하는 세상이다. 덜 일해도 다들 계속 인간일 수 있으려면 부의 재분배가 필요하다. 양쪽 극단의 값으로 평균을 맞추는 방법이 아니라 바닥을 평균에 가깝게 끌어올리는 것이다.

그렇게 된다면 모두에게 내일이 보이기 시작할 것이다. 미래를 계획할 시간이 생길 것이다. 나라는 개인 역시 도대체 언제까지 이런 방식으로 일해야 하는지를 덜 고민하면서 잘하는 일, 하고 싶은 일, 해야 하는 일의 균형을 맞춰갈 수 있을 것이다. 이 일과 저 일 사이에 다음을 고민할 수 있는 시간을 가질 수 있을 것이다. 일을 좀 덜 하는 삶이 빈곤과 맞닿는 대신 여유와 맞닿아 있는 것을 경험하게 될지도 모른다.

그러니까 기본소득을 목돈을 모으는 일이 불가능하므로 오늘에 오늘 몫의 돈을 지불해야만 살아갈 수 있는 세대가 국가에 제공하는 멤버십 서비스라고 생각해보자. 우리가 만들어갈 다른 미래를 국가가 비용을 지불하고 사도록 하는 제도로서의 기본소득이다.

그러니 국가여, 우리를 구독하라. 우리에게 기본소득을 지불하고, 우리가 더 나은 미래를 보여주기를 기대하며 살아가는 모습을 지켜봐주길 바란다. 우리가 원래도 없었던 전성기를 추억하는 대신, 튼튼한 바닥을 딛고 오늘 살아가며 미래를 만들어나가는 모습을.

우리가 자기가 딛고 선 바닥에 각자의 돌을 놓는 미래를 상상한다. 기본소득이라는 돌, 생활동반자법이라는 돌, 인권보호라는 돌, 더 튼튼한 노동조합이라는 돌, 페미니즘 교육이라는 돌, 기후변화를 되돌리기 위한 노력이라는 돌, 노인 복지와 아동 복지라는 돌, 전쟁이 없는 세상이라는 돌, 질병과 함께 살기라는 돌, 존엄하게 살고 또 죽을 권리에 대한 돌….

처음에는 그 돌들을 징검다리 건너듯 지나야 하겠지만, 그 돌들이 더 많아지고 서로 닿을 수 있을 정도로 가까워지면 우리는 우리가 직접 만든 더 단단한 바닥을 갖게 될 것이다. 삶이 매일 달라지길 바라는 나도, 일상이 천천히 느긋하게 흘러가기를 바라는 당신도, 그 바닥 위에 서 있는 한 안전하고 평화로울 것이라고 믿는다.

그 바닥을 다지기 위해서, 나의 정해지지 않은 미래를 위해서, 미래에도 살아갈 사람들을 위해서 해야할 일을 생각한다. 모두 올라갈 수 있다는 말, 다 잘 살 수 있다는 말은 거짓말이다. 세상이 나빠지지 않을 것이라는 말도, 높은 확률로 가짜의 약속일 것이다. 하지만 세상이 나빠지더라도 인간이 나아질 방법은 있다고 믿는다.

바뀌고 나아진 개인이 많아진 세상은 나빠지더라도

천천히 나빠질 것이다. 너만은 높이 올라갈 방법을 알려 주겠다고 말하는 정치인보다는 함께 앞으로 나아갈 방법을 생각하는 정치인에게 표를 주고, 여성 문제와 인권, 더 작고 약한 것들의 미래를 고민하는 사람들과 이야기를 나누고 싶다. 홀로 올라가기보다는 더 튼튼한 바닥을 만들 방법을 찾기로 한 이들과 같이 앞으로 가고 싶다. 나는 그렇게 같이 가게 될 길을 내리막이라고 부르지 않겠다.

나가며

지난 1년간 내게 가장 어려웠던 일은 완성되어 서점에 놓인 이 책을 상상하는 일이었다. 실은 상상은 쉬웠지만 상상에서는 비어 있던 페이지를 채워가는 일이 어려웠다. 쓰기 시작하자 오히려 완성은 더욱 불가능한 일로 느껴졌다. 하지만 너무 많은 사람에게 이런 책을 쓸 거라고 말했기 때문에 어쩔 수 없이 계속 써야만 했다. 결국 다 썼다. 그러니 다들 하고 싶거나 해야 하는 일은 소문부터 내길 바란다.

이 책이 출간된 뒤 나의 계획은 복잡하고 조금 이상한, 그래서 흥미로운 여성 캐릭터가 등장하는 드라마를 써서 하나의 이야기로 끝마치는 것이다. 겨우 아이디어로만 존재하는 이 드라마가 완성되어 방영되는 일이 지금은 상상이 되지 않는다. 하지만 언젠가는 이 상상 역시 현실이 될 것이다. 안 되면 어쩔 수 없지만, 이왕이면 되게 하는 방향으로 살아보려고 한다.

책을 쓰는 동안 내가 어디로 가고 있는지, 무슨 이야기를 쓰고 있는지 모를 때마다 코난북스 이정규 대표와 주고받은 메일을 다시 들여다보곤 했다. 메일의 말미에는 언제나 '용기와 지혜의 세계 | 코난북스'라는 서명이 붙어 있었다. 서명을 볼 때마다 용기와 지혜의 세계라면 좀 살아보고 싶다고, 이 책은 바로 그 세계에서 쓴 척해야겠다고 늘 생각했다. 이정규 대표에게 감사드린다.

이 책에 혼자서 머릿속으로만 생각해서 쓴 부분은 한 구절도 없다. 단 한 문장도 빠짐없이 어딘가에서 친구들에게 나눈 이야기에서 출발했다. 이 책에 대한 이야기를 포함해 세상과 인간과 나 자신에 대해 말하고, 또 말하는 나를 견디고, 말로 써나가는 책에 아이디어를 더하고 고민과 질문을 이어가 준 친구들이 이 책의 공저자다. 인세는 나만 갖는 것을 이해해주길 바란다.

이해할 수 없지만 사랑하는 가족에게 고맙다. 특히 예상보다 빨리 서로 이해할 수 없게 된 일곱 살 이현과 네 살 이안이 나중에 이 책을 읽고 고모를 이해하려고 시도할 때까지 책이 팔리고 있다면 좋겠다. 그렇게 되려면 도대체 몇 쇄를 찍어야 할지 알 수가 없다.

쓰면서 막힐 때면 책이 서점의 어디에 놓이면 좋을지를 생각했다. 구체적으로는 어떤 책과 나란히 놓인다면 좋을지도 고민했다. 맞춤처럼 느껴지는 자리를 찾는 건 쉬운 일이 아니었다. 여전히 어디가 제자리라고 말하기는 어렵지만, 지금 이 글을 읽고 있는 사람이 있다면 그 사람의 손 안이 딱 맞는 것 같다. 서점이나 창고보다는 누군가의 집, 책장, 가방 안에 있기를. 더 바란다면 어느 때라도 누군가가 펼쳐 읽고 있는 책이기를. 읽고 있다면, 고맙습니다.

우리가 서로에게 미래가 될 테니까

초판 1쇄 2019년 9월 27일

지은이 윤이나
펴낸이 이정규
펴낸곳 코난북스
등록 제2013-000275호
전화 070-7620-0369
팩스 0505-330-1020
이메일 conanpress@gmail.com
홈페이지 conanbooks.com

ISBN 979-11-88605-10-1 03810

이 도서의 국립중앙도서관 출판예정도서목록(CIP)은
서지정보유통지원시스템 홈페이지(http://seoji.nl.go.kr)와
국가자료공동목록시스템(http://www.nl.go.kr/kolisnet)에서
이용하실 수 있습니다.(CIP제어번호: CIP2019036283)